たとえ明日、君だけを忘れても

菊川あすか

STARTS
スターツ出版株式会社

君はなにを思うだろう。
考えると、少し怖い。
それでも、手紙につづったあの時の気持ちは、
紛れもない真実だから。
君となら、見つけられるような気がするんだ。
失《な》くしてしまった大切な欠片《かけら》を、
きっとまた、いつか……。

目次

たとえ明日、君だけを忘れても

第一章　君の秘密

藤棚の隙間から所々差し込んでいる光の線が、制服を着ている彼女に向かって無数に伸びていた。艶やかな長い黒髪が春風を受けてサラッとなびくと、彼女は気持ちよさそうに目をつむり、ほんのわずかに唇の端を上げて微笑《ほほえ》んだ。

その姿はまるで、光のシャワーを浴びているかのようだ。

綺麗《きれい》とか美しいとか絵になるとか、そんなんじゃない。彼女を見た瞬間、俺の心の奥から言葉では言い表せない熱いなにかが湧き上がってきて、今まで感じたことのない想いが胸の中で一気に膨らみ、そして一気に弾《はじ》ける。

高校入学から一ヶ月経ったある日。それは、幻想的な薄紫色の藤の花がちょうど見頃を迎えた、五月のことだった——。

＊＊＊

夜ご飯を食べて風呂にも入り、あとは寝るだけ。百パーセント気が抜けた状態で自分の部屋のベッドに横になりながら、俺、塚本涼太《つかもとりょうた》はいつものようにテレビをつけていた。

時刻は二十三時。つけっぱなしにしていたテレビから流れているのは、夜の報道番組だった。

《なにが一番大切なのか、自分でも分かりませんでした》
向かい側に座っているアナウンサーの質問に答えているのは、今話題の小説家、橘《たちばな》リン。二十五歳だというのだが、眉毛の上でそろえられた前髪のせいで随分幼く見える。
彼女は二年前に賞を取って小説家デビューをしたらしいのだけど、小説をまったく読まない俺はその存在を知らなかった。でも去年の夏、意外な理由で彼女を認識することになる。
《では、自分が失くしてしまった記憶がなんだったのか、気づいたのはいつ頃でしょうか？》
《事前にいくつか思い出をノートに残していて、それを見た時に。まったく覚えていない思い出が自分の字でそこに書かれていたので》
神妙な面持ちのベテラン女性アナウンサーが、橘リンの言葉に対してうなずいた。
俺はベッドの横にある机に手を伸ばし、ポテチを数枚つかんで口に運ぶ。バリバリという音と、《ですが、何度見てもなにも思い出せませんでした》という橘リンの声が重なった。
テレビ画面の右上には、こう書かれている。
【単一性忘却症《たんいつせいぼうきゃくしょう》を患った人気小説家】

口の中のポテチがなくなると、俺は画面を見ながら再び机の上に手を伸ばした。

『単一性忘却症』とは、簡単に言えば記憶をつかさどる脳の一部に腫瘍ができる奇病で、今のところ十代から二十代の若者のみが発症するとされている。さらに、発症した患者がその時一番大切にしているであろう思い出や記憶、物などを繰り返し考えたりすることで腫瘍が徐々に大きくなっていくという。

腫瘍の成長速度に規則性はなく患者によって違うらしいのだが、放っておくとやがて死に至る。

けれど、この病気は不治の病ではない。手術で腫瘍を取り除けば完治するのだ。

ただし問題は、後遺症。腫瘍を切り取ると、その時一番大切にしている記憶を失うことになるのだという。そのためネットなどでは、『思い出忘却症』とも言われている。

橘リンは去年の六月に病気が発覚し、夏に手術を受けた。さっき彼女が言っていたように、自分の中で大切だと思う記憶を術前にノートに残していたおかげで、どの記憶を失ったのかが分かったらしい。

といっても、悲しいとかつらいとかそういう感情は特に湧かなかったと言っていた。

それはそうだろう。大切だったことさえも、すべて忘れてしまっているのだから。

テレビを見ながらポテチを袋ごと取り、中に残ったカスを口に流し込んだところで、橘リンのノートが画面に映し出された。

彼女が残していたメモの中には、大好きな家族との思い出、昔片想いをしていた相手のこと、友達と旅行に行ったエピソード、今まで見て印象に残っていた景色など、ありとあらゆる記憶が書いてあった。

術前の彼女自身は、恐らく家族との思い出を忘れてしまうのではないかと予想していたため、特に家族に関しては事細かに記載していた。

だが、彼女が忘れてしまったのは〝小説のコンテストで受賞した時の記憶〟だった。

小学生の頃から小説を書いていたことも、受賞した作品を執筆していた時の記憶もあったが、受賞の連絡を受けてから出版に至るまでの経緯だけがすっぽりと抜け落ちていた。自分で書いた【こぼこぼ小説大賞　金賞受賞】の文字を見ても、周りの人にどれだけ説明されても、思い出すことはできなかったらしい。

《今一番大切な記憶はなにかと問われたら、私を支えてくれた家族だとハッキリ分かります。でも病気が発症した当時は、自分のデビュー作や受賞した時の喜びや感動を無意識に繰り返し思い出していたのかもしれません。今となってはそうやって頭の中で考えていたことすら分かりませんが》

橘リンは、そう言って笑顔を見せた。

俺は空になった袋を丸めてゴミ箱に捨て、深刻そうな顔でインタビューしているアナウンサーを見つめた。

確かに脳を手術するわけだから、簡単な病気ではないのかもしれない。でも手術をすれば治るという事実があるわけで、そんなにずっと眉間にしわを寄せてインタビューしなければいけない病気なのだろうか？

記憶を失うのはつらいだろう。でも、ほんの一部だ。全部が失くなるわけじゃない。現にこの橘リンだって、受賞した記憶はなくてもそれ以外の記憶はちゃんとある。変わらず小説を書いているみたいだし、今も笑っている。なんの問題もない。

命が助かるのなら、たったひとつの大切な記憶を失うくらい大したことではないんじゃないかと、俺は正直そう思った。

だけど、もし自分が思い出忘却症になったら。そう考えた時、頭の中に一年四ヶ月前の出来事が浮かんだ。

あの日見た光景や、あの日感じた気持ちが失われてしまったとしたら……やっぱり少しは、嫌なのかな。


命にかかわる暑さ、なんて言葉を何度も耳にするくらい去年はとにかく暑い夏だったが、今年はそうでもない。暑さが衰え始める九月中旬の今日も、空は快晴だが風は秋の空気を含んでいて気持ちがいい。まぁ、自転車に乗っているからということもあるのだろうけど。

自宅を出て狭い道路を車に気をつけながら走り、大通りに出たら坂をのぼるために速度を徐々に上げていく。急ではないが長くゆるやかな坂が二ヶ所あるし、車も人も多いから突っ走るわけにもいかず、俺が通う『藤宮《ふじみや》高校』までは順調にいっても四十分はかかる。

電車だと乗り換えもなく二十分で着くのだけど、自転車のほうがいろんな意味で楽なので、俺は入学から一年半近く、ずっと自転車通学を続けている。

電車に乗るとなると、高確率で同じ高校の生徒と会うことになるからだ。違う学年とかまったく知らない生徒なら問題ない。だけど厄介なのは、完全に無視はできないけど電車の中で会話を弾ませるほどの仲ではない、顔と名前くらいはお互い知っている程度のヤツに会ってしまった時。挨拶はするべきかしなくてもいいのか迷うし、そんなふうに朝から考えなければいけないのが非常に面倒だから、俺は自転車で通うことを選んだ。

走り続けること三十分、ようやくふたつの坂をのぼり切った。一定のリズムで息を整えながら道路の端を走行していると見えてくる、白と茶色を基調とした校舎。

ちょうど俺たちが入学するタイミングで改装した校舎は、とてもおしゃれで広い。エントランスは三階まで吹き抜けになっていて開放感があり、窓も大きいため朝日が大量に流れ込んでくる。

校舎はふたつに分かれていて、エントランスのある第一校舎は三階建て、第二校舎は二階建てで第一校舎の半分くらいの長さだ。ふたつの校舎の間にある中庭には、多くの緑が生い茂っている。

学校に着き自転車を停めて校舎に入ると、下駄《げた》箱には同じクラスの寺川晴輝《てらかわはるき》がいた。黒縁の眼鏡をかけている寺川の黒髪は今日も乱れていて、無造作ヘアーなのか寝癖なのか分からない状態だ。

「おっす」

「おぉ」

俺が先に声をかけ、短い挨拶を交わす。寺川の少しうしろをのんびり歩いて二階までのぼり、二年B組の教室に入った。

「よー、涼太」

真ん中の列の一番うしろから声をかけてきたのは結城《ゆうき》要《かなめ》。クラスの中心、最上位にいる人物だ。

しゃべりがうまいからか、結城の周りにはいつも男女問わず友達が集まり笑い声が絶えないし、バスケ部で運動神経も抜群。おまけに目鼻立ちがハッキリしていてハーフのような顔立ち、短い茶髪とさりげないピアスがチャラさをいっそう際立たせている。

黒い地毛を維持し、少し癖のある髪を目と耳が隠れないようにしているだけでなんの特徴もない髪型の俺と違って、結城はキラキラ加減が半端ない。

「おはよ」

俺は挨拶を返し、窓側のうしろから二番目の自分の席に座った。そして、同じ列の一番前にチラッと視線を向ける。

まだ、来ていないな。

机に顔を伏せて窓の外を見つめると、男を意識したような甲高い女の笑い声が頭のうしろから聞こえてきて、小さくため息をついた。

子供の頃からずっと平凡平穏を維持し続けてきた俺は、絶対に結城のようなクラスの中心人物にはなれないし、なりたいとも思わない。

でもそんな俺に初めての変化が訪れたのは、去年の五月。あれは、さざ波のような日々に突如大波が押し寄せてきたかのような衝撃的な出来事だった。

彼女を見た瞬間、自分の心臓が自分の物ではないような気持ちになって、胸が苦しくなるという感覚を初めて味わった。この気持ちが恋だと気づくのに、時間はかからなかった。

高校生になって好きな人という特別な存在が初めてできたわけだけど、だからといってどうするわけでもなく、俺の片想いはなんら変化のないまま余裕で二年目に突入している。

一年の時はクラスが違っていたので、そもそも近づくことさえ難しかった。でも二年で奇跡的に同じクラスになり、これから少しずつ話しかけていけたらと思っていたのだが……。

「おっはよー、七瀬《ななせ》」

結城の声に反応した俺は、パッと顔を上げた。

前のドアから教室に入ってきた七瀬栞《しおり》は、結城の挨拶に対して目線を向けずに軽くうなずくだけ。長袖のブラウスに紺のスカート、制服を着ていてもスラッと細い体だと分かる。艶のある綺麗な長い黒髪を揺らし、七瀬は自分の席に座った。

四つ前の席に座っている七瀬のうしろ姿が視界に入るように、俺は机に右肘をつき、わざと体を右に傾けた。

同じクラスになってからも、結局俺はこうやって七瀬を見ているだけだ。挨拶くらいはしようと何度も試みた。でも、七瀬の人を寄せつけないような独特な雰囲気にいつも尻込みをしてしまう。話しかけてほしくない、関わりたくないと言っているかのような、いつもどこか冷めている表情をしているから。

そう感じているのは俺だけではないようで、今やクラスの中で七瀬を気にかけているのは結城と委員長の大野《おおの》香澄《かすみ》くらいだ。

だけどもし七瀬が社交的で誰とでも気軽にしゃべるような性格だったとしても、仲よくはなれなかったかもしれない。

　俺と七瀬とでは、次元が違いすぎるのだ。美人で勉強もできる七瀬と、平凡中の平凡、加えて目立つ行動や揉《も》め事が嫌いな事なかれ主義の俺。どう考えても隣に並べるとは思えない。

　顔も普通、勉強も普通、せめて運動神経だけでもよければもっと自分に自信が持てていたかもしれないが、普通に苦手。こんな自分に誇れるものがあるとしたら……ちょっと思いつかない。

　肘をつきながら七瀬の長い髪を見ていると、結城を囲んで立っているクラスメイトたちの会話が聞こえてきた。

「四時間目のホームルームで『藤宮祭』のこと決めるらしいよ。要はなんか考えてる?」

「んー、まだなんも。でもせっかくだからすごいことやりたいよなー」

　もうそんな時期か。藤宮祭というのはうちの学校の文化祭の名前なのだが、俺は文化祭があまり好きではない。一年の時はまずなにをやるかで相当揉めたし、誰がサボっただの材料が足りないだのでかなりバタバタだった。

　あんな煩わしいことはもうこりごりだけど、今年は結城がいる。彼が仕切ればうまくいきそうだ。でも万が一話し合いの段階で揉めたらと思うと……面倒くさいという言葉しか出てこない。

ホームルーム、どうにかサボれないだろうか。

なんて、好きな人の背中を見ながらそんなことばかり考えているのだから、卒業までに恋が進展するなんてまずあり得ないよな。


「文化祭だってよ。楽なやつがいいよな」

三時間目が終わると、前の席に座っている寺川が振り向いて小声で言った。

「だな」

一年の時も同じクラスだった寺川は、なんとなく俺と同じ匂いがするからか割と気が合う。どこにでもいそうな普通の男子で、好きな映画や音楽の趣味、どんなことにもやる気がまるで感じられないところも似ている。ただ、寺川は成績がいいのでその点だけが俺とは違う。

「文化祭なんてやる意味あるのかよ、結城たちだけで頑張ればいいのに。俺らがなんか手伝ったとしてもしょせん影の存在。盛り上がるのはいつもクラスの中心にいるヤツらだけじゃん」

完全に嫉妬だ。結城たちがテンション高めに文化祭を楽しんでいても、自分たちは一緒になって騒げない。本当はその輪の中に入りたいけど入れない。そう言いたいのだなということが俺にはよく分かる。情けないことに、同じ気持ちだからだ。

寺川が俺のほうを向いたままスマホをいじりだしたので、俺は寺川の頭越しに七瀬を見た。机の中の教科書を整理しているようだ。

ひとりで座っている姿は、見慣れた七瀬のいつもの姿。教室の移動や用事がある時以外は、いつもただそこにいるだけ。

「七瀬さん」

近づいてきた大野がなにか言っているけど、七瀬はやっぱり少しうなずくだけ。反応が薄いにもかかわらず、大野は女子で唯一七瀬に声をかける貴重な存在だ。委員長ゆえの責任感なのだろうか。

二年になってすぐの頃は何人かの女子が七瀬に話しかけていたが、七瀬の反応はいつも薄い。そういう子なのだと理解したクラスメイトは、徐々に彼女を気にかけなくなった。

確かに七瀬は冷たいけど、俺にはその表情が時々とても寂しそうにも見える。どこかかげりがあって、孤独の中にいるような……。

『一年の頃はもっと明るかったはずなんだけどね』と女子が話しているのを聞いたこともある。

だから俺はずっと気になっていた。そんな顔をするくらいならみんなの輪の中に入っていけばいいのに、どうして七瀬はいつもひとりでいるのだろうか。どうして笑わないのだろうかと。

「文化祭の話し合い、ちゃっちゃと決まればいいけどなー」

そう言って寺川が顔を上げたので、七瀬の姿が見えなくなった。そのタイミングで、俺はカバンを持ち上げる。

「なんか腹痛いから保健室行ってくるわ」

「マジで？　俺も行きたい」

「バカか。ふたり一緒に保健室なんて行けないだろ。先生に伝えといて」

席を立った俺は七瀬のほうをチラッと見たあと、教室を出た。

廊下を歩く生徒が教室に戻る中、俺は階段を下りて保健室に向かった。ノックしてドアを開けて中をのぞいたけど、養護の先生は席を外しているようで誰もいなかった。消毒の匂いが微《かす》かに漂う保健室の中に入ると、正面には机があり左側には棚、右側にはベッドがふたつあった。

今までケガや体調不良などもなく用事もなかったため、入学してから保健室に入ったのは初めてだ。ふたつのベッドはどちらも空いていたので、俺はドアに近いほうのベッドに腰を下ろした。

先生が来たら声をかければいいだろうと思い、ひとまず横になった。サボったのは初めてだけど、俺が参加しようがしまいが文化祭の話し合いにはまったく支障はないだろうし、俺がいないことにすら多分みんなは気づかないだろう。

両手を頭のうしろに置いて、ふと中庭に視線を向ける。

中庭の半分は芝生になっていて、石畳の道に沿ってベンチもいくつかあり、休み時間など自由に過ごすことができる。所々木が植えられているので緑も多く、第二校舎の前には池もある。そして中庭といえば、なんといっても藤棚だ。中庭のちょうど真ん中辺りにある藤棚は、この学校の名所と言ってもいい。

木材で組み立てられた棚からたくさんの藤の花が垂れ下がる様《さま》は見事で、春から初夏にかけて見頃を迎えると、他校から見学にやってくる生徒も多くいる。雑誌の取材も来たことがあるらしい。

ただ、この藤棚が名所と呼ばれるのは単に美しいという理由だけではない。『朝七時五十七分、藤棚の下で告白するとうまくいく』という、この学校特有の伝説があるからだ。

なぜ七時五十七分なのかハッキリとは分からないが、藤棚ができた十年前に初めて誰かがこの場所で告白をした時間だという理由が今のところ有力らしい。

なんともロマンチックな伝説だ。俺みたいなヤツには縁のないことだけど、藤棚は素直に綺麗だと思える。

それに、七瀬を初めて見たのもここだった。藤棚の下に立っていた彼女に恋をしてしまったのもまた、藤棚の伝説の力なのかもしれないな。

この学校にとっても俺にとっても、卒業生を含む多数の生徒にとっても藤棚は特別な存在。だが今は、もうその姿を目にすることはできない。こうして中庭を眺めてみても、そこにあったはずの藤棚は消えている。残念なことに、夏休み中に起きた大型の台風によってなぎ倒されてしまったからだ。

藤棚があるのとないのとでは、中庭の雰囲気もだいぶ違う。寂しいというか、真ん中にぽっかりと穴が開いてしまったようだ。

窓の外に視線を移したままボーッとしていると、保健室のドアがガラッと音を立てた。一瞬ビクッと体が反応し、思わず背中を丸めて身を縮める。

悪いことをしているわけではないのに、なんだか隠れているみたいだ。いや、サボっているのだから悪いのか。

起き上がって具合が悪いことを告げようとした時、養護の先生の声が聞こえてきた。

「とりあえず、ここに座って。今は大丈夫?」

誰か生徒が体調でも崩したのか? 隣のベッドに来るかもしれないから、その前に言おう。

そう思った時、カーテンの隙間に現れた黒い髪が俺の目に映った。ただの黒い髪じゃない。今朝も見たばかりの、まっすぐ下りた長くて綺麗な髪。七瀬だ……。

出ていくべきタイミングなのに、俺はなぜか息をひそめてしまった。ちょっとでも動くとベッドが音を立ててしまいそうだったので、石のように体を固定する。

「少しめまいがしただけなので、大丈夫です」

七瀬の透き通るような高い声が聞こえた。

「無理はしちゃダメよ」

体育は見学が多いし、体が弱いのかもしれない。そのくらいはクラスメイトとして聞いてもよさそうなものなのに、七瀬のことはなにも知らないので、『かもしれない』としか表現できない自分が悲しい。

「ところで、日程はもう決まったの？」

「いえ、まだです」

七瀬の表情はうかがえないが、養護の先生の顔はなぜかとても硬い。

「そう。きちんとご両親と話を――」

「大丈夫です。ちゃんと……話し合ってます」

「それならいいけど。今日のことは連絡――」

「しなくていいです。家に帰ったら自分で言うので」

養護の先生の言葉に、食い気味で次々に答える七瀬。正直、こんなにたくさんしゃべっている七瀬の声を聞いたのは初めてだった。

「七瀬さんも分かってるだろうけど、単一性忘却症は手術をすれば治る病気だからね。手術は不安だし怖いと思う。でも、できるだけ早く決めたほうがいいから」

……え？

養護の先生の声が、昨日見たテレビのアナウンサーの声と重なった。

ゆっくりと窓に目を向けると、今はもうない藤棚の幻が見えた気がした。あの場所で、天使のように微笑んでいた七瀬の顔が脳裏に浮かぶ。

「分かりました。いつも心配かけてしまってすみません」

申し訳ないという心境の表れなのか、声のトーンが少し下がった。

「そんなの気にしなくていいの。そのために先生はここにいるんだから。でも病気の件を誰にも言いたくないっていう七瀬さんの気持ちは、今も変わってない？」

「はい。手術が終わるまでは、誰にも知られたくありません」

今まで聞いたことのないハッキリとした口調で答えた七瀬。

「そう……」

成績が中の下の俺でも、今の会話の意味が理解できないほどバカではない。

「ひとりで帰れる？」

「薬飲んだので、もう大丈夫です」

初めて授業をサボって初めて保健室に入った俺、別人のようによくしゃべっている七瀬。いつもと違うことが起こっているからか、現実味がない。

ずっと同じ体勢だったせいで体が若干痛くなってきたので少しだけ腰を動かそうと思った時、カーテンの先にいる七瀬が立ち上がった。

「ありがとうございました」

「気をつけて帰ってね」

ふたりの声がさっきよりもだいぶ小さくなった。ふたり共、廊下に出たのだろう。耳を澄ますと足音が数回聞こえて、それ以降は無音になった。

カーテンをチラッと開けると、ドアは閉まっていて先生の姿もない。気持ちを落ち着かせるため、ベッドに座ったまま一度深呼吸をした。

あれだけハッキリしゃべっていたのだから、俺の勘違いではないよな。

つまり七瀬は、思い出忘却症……。

誰にも知られたくないと七瀬は言っていたけど、俺は聞いてしまった。恐らく、この学校の生徒で知っているのは俺だけかもしれない。

今までずっと、俺は面倒な事態をどうやって避けるか、揉め事に巻き込まれないために自分はどういう位置にいるべきか、そんなことばかり考えてきたようなヤツだ。よりによって、なんでそんな俺が聞いてしまうんだよ。神様が人選を間違えたとしか思えない。

これが七瀬ではなかったら、きっと今まで通り耳をふさいで終わりにしていたに違いない。だけど七瀬だから、聞かなかったことになどできなかった。

先生が戻ってきた時にどうやって言い訳するかなんてもうどうでもよくて、頭の中は既に七瀬でいっぱいになっていた。


授業が終わり家に帰った俺は、自分の部屋に行きカバンを放り投げ、真っ先にパソコンを開いた。

あのあと、すぐに養護の先生が戻ってきた。俺はあたかも今保健室に来たのだと言わんばかりの表情で『誰もいなかったからベッドに横になったけど、少し休めばよくなるだろうから次の時間は教室に戻ります』と流暢《りゅうちょう》に伝えたら、先生はあっさり納得した。相変わらず言い訳だけは悩まなくてもすぐに口から出てくる。

文化祭についての話し合いは予想通り結城と委員長の大野が仕切ったらしいのだが、なかなか意見が出ず難航したようだ。結局決まらず来週に持ち越しになり、それぞれひとつずつ案を考えてくることになったと、うんざりした顔で寺川が教えてくれた。

というか、文化祭のことなんて今はどうでもいい。俺はパソコンの画面に向かい、『単一性忘却症』と打ち込んだ。

帰り道にいろいろ考えてみたものの、七瀬の秘密を知ってしまったところで誰かに相談するわけにもいかないし、本人に直接聞くこともできないわけで……。

いったん席を離れて一階に下りた俺は、冷蔵庫からペットボトルの炭酸飲料を持って再び部屋に戻った。イスに座ってひと口飲み、マウスを動かしながら食い入るように画面を見つめる。

『脳の一部に特殊な腫瘍ができる』

『ある事柄を繰り返し強く思うことで、腫瘍が大きくなる』

『腫瘍を切除すれば完治する』

『後遺症として、発症時に一番大切だとされる記憶だけが失われる』

『予後は良好。再発の恐れも今のところ報告されていない』

やっぱりネットに載っている内容は俺の知る範囲ばかりで、どれも大して変わらない。結局俺にできるのは、こうしてネットで病気についてあれこれ調べて、死ぬわけではないと自分を安心させることくらいだ。

記憶が一部失くなるのはかわいそうだけど、手術をすれば治るのだから、七瀬も当然手術をするのだろう。とはいえ、頭なのであの長い髪の毛も切らなければいけないし、恐怖も当然ある。無事手術が終わるまで、きっと不安はぬぐえないはずだ。

一時間ほどネットで病気について調べた俺は、イスの背もたれに寄りかかり腕を上げ、「あー！」と声を出しながら大きく伸びをした。勉強ではあまり使わない集中力を最大限に使い果たしたからか腰も背中も痛い。

パソコンの電源を落としてイスから立ち上がり、そのままベッドに倒れ込んだ。

いつ病気が発覚したのかは分からないけど、もしかしたら七瀬がいつもひとりでいるのは、自分が思い出忘却症だからなのかもしれない。

他のみんなは普通に学校生活を送っているのに、病気になってしまったことが悔しくて、とか。自暴自棄とまではいかないけど、なんらかの悩みを抱えているからこそ、あの〝私に近づくな〟オーラを毎日出しているのだろう。

だけどいくら考えてみても、七瀬が今どう思っているのか俺には分からない。本心を知るためには話をするしかないんだ。

でも、どうやって？　七瀬が自分の口から俺に話す可能性なんてまずないし、俺から聞くこともできない。まずは世間話から始めてみたとして、病気を打ち明けてくれるほど仲よくなる確率は極めて低い。

いっそ、今日聞いてしまった話を全部なかったことにして、またいつも通りのらりくらりと平凡な毎日を送ればいいと思った。でも、得意なはずなのにそれができないのは、俺が七瀬を好きになってしまったからだ。

白い天井を見上げながら、右手を心臓に当てた。

好きな人のことを想うと胸が苦しくなったり、考えないようにしていても考えてしまうというのは、こういうことだったんだな。

一週間の中で一番好きなのが、金曜日。特に予定があるわけではなく家でダラダラ過ごすのが俺の週末の過ごし方だけど、この日を乗り越えたら休みだと思うとなぜか少しウキウキする。

子供の頃からその感覚が好きで、金曜の俺はいつもよりわずかにテンションが上がるはずなのに、今日は違う。

その原因を俺は分かっていた。恐らく七瀬が学校を休んでいるからだ。列の前に視線を移してみても、いつもの長い髪は見当たらない。

これまでも欠席する日はあったのだが、ここまで気持ちが沈んでしまうのは、昨日の出来事のせいだろう。

気になる。七瀬の体になにかあったのではないか、病気が進行してしまったのではないか、もしかして手術をするのか。考えれば考えるほど、不安になった。

こんな気持ちになってしまうのは、きっと七瀬への恋心が昨日よりも膨らんでいるという証拠だ。

四時間目は美術のため、何度もため息をつきながら一階にある美術室へ移動した。

「やたらため息多いけど、まさか涼太に悩みなんかないだろ？」

『どういう意味だよ』と突っ込む余裕もなく、寺川の言葉に対して「そーだな」と息を吐くように答えた。

「つーかお前、手ぶら？」

「え？」

寺川に言われて自分の机の上や両手を確認すると、なにもないことに気づく。

「やべ、なんも持ってきてなかった」

教科書など必要な物を取りに教室へ戻ろうと美術室を出たところで、授業開始を知らせるチャイムが鳴った。

一気に静かになった廊下を急ぎ足で歩いていると、保健室の前で養護の先生が生徒の保護者らしき人と話しているのが見えた。

特に気にせず保健室の前を通過しようとした時、ふたりの会話が耳に届く。

「それでは七瀬さん、なにかありましたら遠慮なくいつでもおっしゃってください。わざわざお越しいただいてありがとうございました」

「こちらこそ、なにかとご心配をおかけしますが、今後とも娘をどうぞよろしくお願いいたします」

深々と頭を下げる女性の横を通り過ぎた時、俺の心臓が大きく脈を打つ。

少し離れてから振り返ると、その女性はとても真剣な眼差《まなざ》しを養護の先生に向けていた。

七瀬という名前とほんの一瞬の会話が、いつまでも耳に残る。

恐らく、七瀬の病気について養護の先生と話していたのだろう。今日休んだこととなにか関係があるのだろうか。やっぱり、なにかあったんじゃないか？

そのあとの授業の内容はまったく頭に入らず、誰にも聞けない悶々《もんもん》とした気持ちを抱えたまま一日は過ぎていった。


あれから二日が経った日曜の今日は、父方の祖父の一周忌《いっしゅうき》。

「涼太くん、また大きくなったんじゃない？」

親戚の伯母《おば》さんが、俺のほうを見ながら大声で言った。

一年前に会ったばかりなので、そんなに早く背が伸びるわけがない。でも親戚というのは甥《おい》っ子や姪《めい》っ子に会うと、必ずといっていいほど『大きくなったね』と言ってくる。小さい頃ならまだしも俺はもう高校二年なのに、伯母さんたちにとってはいつまでも子供なのだろう。

そんな親戚総勢十五名ほどが集まっているのは、自宅から電車で三十分の場所にある霊園だ。法要《ほうよう》が終わって、今はお寺に隣接している施設内の広い和室で食事中。親《おや》父《じ》たちは昼間から酒を飲み、何度も聞いたことのある昔話で盛り上がっている様子だ。

親父は四人兄弟なのでいとこは七人いるのだが、俺は滅多《めった》なことがない限りあまり話したりはしない。なぜなら、俺以外の全員が女だから。

子供の頃は一緒に遊んだりしていたのだけど、思春期になると女に囲まれることに違和感を覚え、正月などの親戚の集まりにもあまり顔を出さなくなった。とはいえ、さすがに爺《じい》ちゃんの一周忌に顔を出さないわけにはいかず、こうしてテーブルの一番端で大人しくしている。

親戚の人からは『塚本家唯一の跡取りだな』なんてしょっちゅう言われるものの、俺はヘラヘラ笑って毎回その言葉を聞き流す。

大体跡取りって、商売をやっているわけでもないのになんの跡を継ぐんだ？　うちで継げる物といえば、二年前に購入した一軒家くらいだ。

酒が進み、親父たちの声がだんだんと大きくなってきているので、ここにいたらそろそろ絡まれそうだ。そうなったら近況を聞かれるだろう。進路ならまだしも、彼女はいるのかなどとプライベートにまで首を突っ込んでこられたら面倒くさい。親父たちは酔っ払うとデリカシーがなくなるので厄介だ。

それに、今の俺は親父たちの会話に付き合っていられるほどの心の余裕はない。

今日は制服を着ているので、俺はブレザーをそっと手に取り、トイレに行くふりをして部屋を出た。襖《ふすま》を閉め、靴を履いて廊下に出た途端、中から親父たちのでかい笑い声が聞こえてきた。廊下は静まり返っているので余計に響く。

まぁ、一周忌だからといって全員でしんみりとしてしまうよりかは大声で笑い合うほうがいいのかもしれない。爺ちゃんもお酒が好きで声が大きくてよく笑う人だったから。

それにしても、親戚の集まりというのはやっぱり居心地のいいものではないな。お開きになるまで、少しだけ外で時間を潰そう。

廊下を歩き、受付の前を通る時に一応軽く会釈をして外に出た。今日は天気がよく空は眩《まぶ》しいほどに晴れ渡っていて、爽やかな秋風が心地いい。

今出た施設の隣にはお寺がある。そのすぐ目の前には、真ん中の道から左右に分かれて何列もお墓が並んでいて、爺ちゃんのお墓は右側の奥から三列目だ。

最近のお墓は色も形も多彩だが、爺ちゃんの墓はいたってシンプル。濃い灰色で長方形の墓石の正面には、【塚本家】と書かれている。

お墓参りは全員で最初に済ませてあるので特になにも持っていないが、軽く手だけは合わせた。

さてどうするべきかと考えながら顔を上げると、見覚えのあるうしろ姿が突然俺の目に飛び込んできた。

一番奥の列、今俺が立っているちょうど真正面の位置にいるので顔は見えないが、あの風になびく長い髪を間違うはずはない。ただいつもと違うのは、制服ではないということ。

周りに人はいないので、ひとりで来ているのだろうか。それとも俺と同じように親戚の集まりから逃げるためにひとりで外に出ているか……。

どちらにせよ、ここには今俺と七瀬しかいない。これはチャンスだと思う反面、この状況でどうやって声をかければいいのか悩んだ。

思春期を迎えてからというもの、用もないのに自分から女の子に声をかけたことなど一度もない俺には、こういう場面を完璧に攻略する術《すべ》がなかった。でもせっかく話せるかもしれないのに、なにもせずに帰るのだけは嫌だった。七瀬を好きになってからいっさい行動を起こせなかった俺に、絶好のタイミングがやっと訪れてくれたのだから。

目の前にいる七瀬は、お墓のほうを向いてジッと立ったまま微動だにしない。

ここにいれば、お墓参りを終えた七瀬が振り返る。そうしたら俺は『あれ？　七瀬じゃん』と、あたかも今気づいたかのような反応をし、それをキッカケに会話を広げていく……。という考えは、そうなったほうが話しかけやすいなと思う、人任せで自分からは動こうとしないいつもの俺だ。

だけど七瀬に関しては、そういう意思ではいけないような気がした。今までと同じことをしていたら、いつまで経ってもただのクラスメイトのままだ。

爺ちゃんのお墓を離れた俺は、ゆっくりと歩いて真ん中の通路まで出た。葉っぱを踏む音で七瀬が振り返らないよう、慎重に。気づかれたらダメだというわけではないけど、自分から声をかけるということが今の俺には一番大事だと思うから。

真ん中の通路を歩いて一番奥の列の前まで行くと、七瀬がいる右側に体を向けた。紺のワンピースに黒いカーディガンを羽織っている私服姿の七瀬は新鮮で、胸が余計に高鳴る。

七瀬はまっすぐ前を見たままだ。俺はまたさらにゆっくりと、一歩一歩足を進めた。けれど七瀬の横顔がハッキリと見えた瞬間、心臓が大きく跳ね上がった。

思わず足を止めてしまった俺の心は、初めて七瀬を見た時のように激しく脈を打ち、彼女以外の景色がなにも目に入らなくなる。でも、あの時と決定的に違うのは、七瀬の目から涙がこぼれ落ちていること。瞳からあふれ出た大粒の涙が頬を伝い、表情には憂いの影が差していた。

なんで、泣いているんだ……。目の前にあるお墓、それが涙の理由なのか。それとも、自分自身に降りかかったあらがえない病のことなのか。

事情は分からないが、ただひとつだけ……。好きな人の涙が、一瞬にして俺の情けない心に火を点《つ》けたのは間違いない。

七瀬が指先で涙をぬぐった時、俺は大きく息を吸った。

「な、七瀬」

若干裏返った声を出すと、七瀬が俺のほうを向いて大きく目を見開いた。自分で声をかけたのに、七瀬と目が合っているという現実に俺自身も驚いていた。

「あ、いや、爺ちゃんの墓参りしてたら七瀬がいたから。偶然だね」

頭をかいて笑ってみたけど、頭の中は次にどんな言葉を投げかけるべきかでだいぶ混乱している。

七瀬はなにも言わず、俺から視線を逸らしてまたお墓のほうを向いた。

「七瀬はなにしてるの?」

簡単に会話が弾むとは思っていなかったので想定内。一歩、また一歩と少しずつ七瀬に近づくと、七瀬は顔だけを俺のほうに向けた。

「なにって、お墓に来てるんだからお墓参りに決まってるでしょ」

「そ、そりゃそうだよね。確かに。ハハハッ」

笑うところではないのに、間抜けな自分をそうやってごまかした。やっぱり俺はしゃべりが下手すぎる。相手が七瀬ならなおさら、肩に力が入りすぎてうまい言葉が出てこない。

「七瀬は、ひとり？」

七瀬の真横に立つと、今までにないくらい近い距離にいることで緊張が増す。

「ひとり」

うつむきながら答えた七瀬。お墓に目を向けると、薄いピンク色の四角いお墓には【七瀬家】と書かれていた。

「えっと、金曜日学校休んでたけど、どうしたの？」

「ただの風邪」

小さな声で答えた七瀬に、俺はホッと胸を撫《な》で下ろす。

「そっか、ならよかった。俺は爺ちゃんの一周忌だから親戚が集まってて、親父たちが酔っ払い始めたから逃げてきたんだけど、外に出てよかったよ」

そこで、『七瀬に会えたから』とまで言えれば少しは意識してもらえるのかもしれないけど、そこまでの勇気はなかった。

「いとこはみんな女だし、親戚の集まりってなんか気を使っちゃって疲れるんだよね。七瀬はそういうことない？　あー、女子はあんまり思わないのかな」

至極どうでもいい話だと分かっていても、俺が話すのをやめた途端に七瀬が帰ってしまう気がして、話すのを止められなかった。

「そういえば、もうすぐ文化祭だね。今年はなにやるんだろうな」

「…………」

「えっと、七瀬って、兄弟いる？　俺はひとりっ子なんだけど」

気の利いた話が全然できない中、前を向いたまま俺の言葉に眉ひとつ動かさなかった七瀬が急に俺に目を向けた。

七瀬はあまり表情を変えないので普段はなにを思っているのか見当がつかないけど、今はとても寂しげな目をしている。悲しく曇る瞳から、初めて七瀬の感情を見たような気がした。

「私は、妹がいたの」

そう言って、七瀬はまた前を向いた。

うなずいた七瀬は手を伸ばし、お墓にそっと触れる。

「いた……？」

「今は、ここ……」

ハッと息を飲んだ俺は、お墓の下に書かれた文字を見た。

【七瀬雅《みやび》　享年十二歳】

七瀬は、妹のお墓参りに来ていたんだ。とても大切な妹だったのかもしれない。だからさっき、涙を流していた。それなのに俺は、兄弟はいるかなんて質問をしてしまった。

「ごめん。俺、知らなくて」

「別に、謝る必要なんてない。事故なんていつ誰の身に起きてもおかしくないことだし、妹が亡くなってもう三年経ったから気持ちの整理もついてる」

消え入るような力のない声で七瀬が言った。

その言葉と表情には、相違がありすぎる。だったらどうして、そんなに悲しい顔をするのだろう。

かける言葉が見つからなくて黙っていると、側《そば》にある木から落ちてきた葉が七瀬の長い髪の毛に止まった。それを取ってあげようと手を伸ばしかけたところで、葉は風に乗ってひらひらと宙を舞い、地面に落ちた。

「ねぇ、塚本くん」

「はっ、はい！」

ドクンと俺の心臓が高鳴り、思わず背筋を伸ばした。

「塚本くんにとって、一番大切な思い出って……なに？」

七瀬の横顔を見ながら、俺は考えた。

この質問をどうして七瀬が口に出したのか、俺には分かってしまう。だから適当なことは言えないけど、その質問には正直に答えられない。なぜなら俺にとって一番大切な思い出は、七瀬を初めて見たあの瞬間だからだ。

「えっと……一番ってなると難しいかな」

そう言葉を濁したけど、一年以上経っても、七瀬を見るたびに何度も何度も繰り返し思い出す。だから、もし俺が今思い出忘却症になったら、藤棚の下にいる七瀬を見たあの日の記憶が失くなってしまうのだろう。

たったひとつの記憶が失くなるくらい、大したことではないと思っていた。だけどやっぱり、七瀬を好きになった瞬間の記憶が失くなることを考えたら、途端に胸が苦しくなる。

病気ではない俺でさえ想像しただけで悲しくなるのだから、七瀬はもっとつらいはずだ。

「七瀬は……七瀬にとって一番大切な思い出って、なに?」

答えてくれるか定かではないけど、聞きたい。聞いたところでなにもしてやれないかもしれない。それでも、七瀬の大切な記憶を俺が覚えていてあげたい。

しばらく黙ってお墓を見つめていた七瀬の表情が、ふと柔らかくなったように見えた。彼女の頭の中に浮かんだものが、その穏やかで優しい表情を作り出しているのかもしれない。

「私は……」

そして七瀬は、静かに口を開いた。

「子供の頃に、家族四人で旅行に行ったこと。妹もいて、家族の仲もよくて、幸せだった。すごく景色のいい場所で、四人で写真を何枚も撮って、たくさん笑い合ったんだ」

その時見た光景を思い出すかのように空を見上げた七瀬は、瞳を潤ませながら微笑んだ。

「もう二度と戻ってこない、大切な思い出だから……」

戻ってこないからこそ、失くしたくない。そう思えば思うほど失くなるのではないかという恐怖が、七瀬を苦しめているんだ。大切だから失くしたくない。でも、大切だからこそ思い出してしまう。

思い出忘却症は、脳の中で大切な記憶を繰り返し思い出すことによって、腫瘍が大きくなる。治すには腫瘍を取り除かなければいけないが、取ってしまうのと同時に大切な記憶までも失くすことになる。

七瀬の病気を俺が知っていると分かれば、七瀬はきっと今まで以上に俺と距離を置くようになるかもしれない。だけど、このままでいいわけがない。学校ではいっさい表情を変えずにいる七瀬の心の中は、きっと押し潰されそうなほど不安でいっぱいだったんだ。

七瀬がこんなにも悲しい顔をしているというのに、本当に俺はなにもできないのだろうか。

「なんか、ごめん。突然こんな話しちゃって」

七瀬の言葉に顔を上げた俺は、精一杯の笑顔を見せた。

「いやいや、全然。むしろ嬉《うれ》しかったよ。もしかしたら七瀬は俺の名前を知らないかもって思ってたから、覚えていてくれてよかった」

「クラスメイトなんだから覚えてるに決まってるでしょ」

七瀬が少し笑ったように見えたので、ホッとした。

「でもさ、なんで俺と話してくれたの？　あの、別に変な意味じゃなくて、ほら、普段はあんまりクラスメイトともしゃべってないから」

「学校じゃないし他に誰もいないっていうのもあるけど、多分……一回も塚本くんに話しかけられたことがないからかも」

どういう意味だろう。つまり話してみたいと思ってくれたのか、それとも……。

「なんとなく、塚本くんは私に興味がないんだろうなって思って。それに、なにを話してもあまり深く考えなそうだからかな。あ、ごめん。悪い意味じゃないんだけど」

申し訳なさそうに唇を噛《か》むその仕草が、とてつもなくかわいい。

興味がないどころか、ありすぎて困るくらいある。あまり深く考えないというのはかなり当たっているけど、七瀬に関してだけは違うんだ。

でも、七瀬が俺に対してそういう印象を抱いているのはありがたいと思った。自分に興味がないと勘違いしてくれているほうが、俺もいろいろとやりやすい。万が一俺の気持ちに気づかれでもしたら、避けられて二度となにも言ってくれなくなりそうだから。

「私、そろそろ帰るね」

携帯で時間を確認した俺は、外に出てから既に一時間も経っていたことに驚いた。

「うん、俺も戻る」

七瀬と一緒に霊園の入口まで行き「また明日ね」と言って俺が手を振ると、七瀬は小さく手を振り返し、その場を後にした。

本当は、結城みたいにクラスの中心になれるようなヤツがうらやましいと思っていた。そうはなりたくないと決め込んでいたのも、なれないと分かっていたからこその小さな抵抗だ。

この先も、教室の中でキラキラしているヤツを俺は隅のほうで羨ましく見ているのだろう。それはきっと変わらない。だけどこんなどうしようもない俺でも、七瀬を助けたいと思う気持ちだけは本物だ。今日初めて話をして、彼女に対する自分の想いを再確認できたから。

せっかく七瀬が自分の一番大切な思い出を話してくれたんだ。七瀬の病気のことを知っているのは俺だけ。七瀬を助けられるのも、きっと俺しかいない。

失くしたくない大切な記憶を七瀬がいつまでも覚えていられるように、考えよう。ない知恵を必死に絞り出して、七瀬のために。

第二章　君のために

家に帰ってから、どうしたらいいのかひとりでずっと思索にふけっていた。夕飯を食べながら、お風呂に入りながら、宿題をやりながら、眠りに落ちる寸前まで、とにかくひたすら考えた。しかし、七瀬を助ける手段はまったくなにも浮かばなかった。

「なぁ涼太、文化祭のやつなんか考えてきたか？　朝のホームルームで話し合うらしいけど」

週明けの月曜日。登校してきた寺川が自分の席に座るなり俺に聞いてきたが、正直そんなことは頭の片隅にもなかった。

「いや、なにも。寺川は？」

「考えたっていうか、別に適当にお化け屋敷とかでいいかなって。どうせ俺がどんな意見を出したって採用されないんだから、結城たちが勝手に盛り上がればいいんじゃね？」

口をへの字に曲げながらそう言い、寺川は前を向いた。

ちょっと卑屈になりすぎている気がするけど、寺川の気持ちも理解できる。俺たちのような目立たないタイプの意見なんて誰も期待していない。これまでの経験上、そう思わざるを得ないのだ。

中学の頃からそうだ。話し合いなどの場面になると、クラスの中心人物は前に出てまとめようとする。自分はみんなの意見もちゃんと聞くし取り入れる、俺がなんとかするからみんなで頑張ろうぜ。そんな空気を出しながら。

けれど結局はその中心人物が発言したこと、もしくはその周りにいる仲間たちの意見で決まる。それが分かっているからこそ俺たちが前に出ることはないし、そいつらが決めてくれるのならむしろ楽でいい。中学までは、そう思っていた。

だが、高校二年にもなればさすがに気づく。俺たちは決してそういうヤツらに不満を持っているわけではなく、自分がなにもできないことへの言い訳を『どうせ俺なんか』の言葉で片付けてしまっているだけだと。

文化祭か。寺川の話だとひとりひとつは案を出すらしいけど、正直今は七瀬のことで頭がいっぱいだ。文化祭の出し物なんて考える余裕はない。

他のヤツらはちゃんと考えてきているのだろうかと教室を見回した時、前のドアから七瀬が入ってきた。いつも通りうつむき加減で、近くにいるクラスメイトも七瀬に目を向けることはなかった。唯一、大野が「おはよう」と挨拶をしたけど、七瀬は小さくうなずくだけ。

挨拶をしに七瀬の席に行こうと考えたけど、今ここで俺が七瀬に声をかけたとしても昨日のように会話が膨らむことはなく、目も合わせてくれないだろう。

教室で話しかけられることを、きっと七瀬は望んでいない。そうしてほしいなら、いつもひとりでいる必要なんてないはずだから。

でも昨日の七瀬は違った。俺が声をかけても逃げなかったし、逆に七瀬のほうから話をしてくれた。それに、笑顔だって……。

教室にいる時は決して見せない顔をみんなにも知ってほしいけど、俺がどうこうするのではなく、あくまでも七瀬自身の気持ちの問題だ。きっと妹さんのことや自分の病気が原因で、今の七瀬ができあがってしまったのではないかと俺は考えた。

それも当然だ。俺だって、もし自分が病気だと分かったり家族の誰かが亡くなったりしたら笑ってなんかいられない。人によってはあえて明るく振る舞うパターンもあるかもしれないが、俺には絶対に無理。気を使って話しかけられるのも迷惑だと思うかもしれない。

だとすれば、七瀬の冷たい態度も近づいてほしくないというオーラも理解できる。

「藤宮祭のことだけど、みんな考えてきたと思うから話し合うぞー」

いつの間にかホームルーム開始のチャイムが鳴っていたようで、結城がみんなに向かって声を張り上げた。

前に出て発言することになんら違和感のない結城が教壇に手をつき、そのうしろには細いフレームの眼鏡をかけて黒い髪の毛をいつもひとつに結んでいる、学年トップの成績の委員長・大野がチョークを握っている。

結城は意見を求めたけど、みんな近くの席のヤツと「どうする？」などと話をするだけで誰も発言しない。当然俺も手を挙げなかった。

体を右に傾けて前の様子をうかがうと、関係ないと言わんばかりに七瀬は窓の外を見ていた。

文化祭なんて楽しめるわけないよな。七瀬のためになにができるのかを考えなければいけない俺も、それどころじゃない。

「文化祭、みんなやりたくないのか？」

少し前のめりになり強めの口調で結城が言うと、教室内が静けさを取り戻した。

机の上を見つめたまま文化祭ではないことで悩んでいた俺は、結城の言葉に顔を上げる。しゃべっていた他のヤツらも黙って前を向いた。

「高二の文化祭は人生で一度きりだぞ？　このまま誰もなにも意見出さないで、適当に決めちゃっていいわけ？」

ほとんどのヤツらがうつむく中、何人かのクラスメイトがゆっくりと手を挙げた。

「私は……やっぱりカフェとかがいいかな。インスタ映えするようなかわいいお菓子作ったり」

「流行《はや》りの謎解きとかは？　誰が問題を考えるのかは分かんねぇけど」

「小物とかなんか作って売るのはどう？」

いくつか出た意見を大野が黒板に書き出したところでチャイムが鳴ってしまった。

意見を出したのは、やっぱりクラスの上位にいるような男子と女子だった。

「今出た意見の他にも、次までにみんなちゃんと考えろよ。二年の文化祭は一度きりだし、どうせなら最高の思い出になるようなことしたいじゃん」

最高の、思い出？　最高の、〝大切な〟思い出……。

朝のホームルームが終わり一時間目の準備をした俺は、立ち上がって七瀬を見た。七瀬は頬杖《ほおづえ》をつき、相変わらず窓の外を見ている。

昨日からどれだけ考えてもなにも浮かばなかったけど、最後の結城の言葉によって、七瀬を助けられる方法がひとつだけ浮かんだ。思い出だ。

七瀬は子供の頃の家族旅行の思い出を一番大切にしている。そしてきっと、失くしたくないと思っているはず。だったら、それを上回る思い出を作ればいい。

文化祭を最高のものにすれば、手術前に繰り返し思い出す記憶が文化祭だったなら、七瀬は家族旅行の記憶を失わなくて済む。

家族四人の旅行はもう二度と経験できないけど、文化祭ならまた来年もある。高二の文化祭の記憶が消えてしまったとしても、手術をして病気が治り三年になった時、また文化祭で楽しい思い出を作ればいいじゃないか。そうだ、それしかない！

問題は、思い出に残るような文化祭とはどんなことをすればいいのかだ。ありきたりではきっと家族の思い出には勝てない。七瀬の心が動くようななにか……。

今日一日、俺はずっとこんな調子で文化祭のことを考えていた。

「おい、さっきからなにボーッとしてんだよ」

隣にいる寺川が、弁当を食べながら俺の腕を軽くパンチした。

「別に……」

俺は残っている弁当を口の中にかき込んだ。

昼休みの中庭は、天気がいいと生徒であふれ返る。ベンチや芝生の上でお弁当を食べたり、プラプラと中庭を散歩していたり、過ごし方はさまざま。そんな中、俺と寺川は芝生の上に座って弁当を食べていた。

いつも昼休みは教室で過ごすのだけど、今日はなんとなく外の空気を吸いたかったので珍しく中庭に出た。けれど、男ふたりでお昼を食べている姿はちょっとかっこ悪いし恥ずかしい。やっぱりいつも通り教室にいればよかったなと後悔しつつも、俺は弁当を片付けて芝生の上に寝転んだ。

目に映るのは綺麗な青空と、所々浮かんでいるわたあめみたいな雲。それと、まっすぐに伸びた飛行機雲。

「思い出に残る文化祭って、どんなんだろうな……」

「は？」

思わずつぶやいた俺の言葉に、寺川が反応した。

「今まで生きてきた中のどんな思い出よりも記憶に残るような文化祭って、なんだと思う?」

「さっきからなに言ってんだよ」

俺がいきなりこんなことを言い出すなんて変だよな。だけど文化祭となると、ひとりでどうにかできる問題ではない。かといって、誰かに七瀬の病気のことを話すわけにもいかないし。

「寺川は、文化祭がどうなったら楽しいと思う?」

座っている寺川は、寝転んでいる俺を不審な目で見下ろした。

「突然らしくないこと聞いてくるからちょっと気持ち悪いけど。そうだなー、文化祭当日に藤棚の下で告白とかされたらそりゃ思い出に残るだろうな。ま、今は藤棚自体ないから無理だけど」

「アホか、そんなこと……」

そう言いかけた俺は、勢いよく体を起こした。目の前に見えるのは、藤棚があったはずの場所。今は寂しくその姿を消している。

「なぁ、寺川」

「ん?」

「藤棚って、台風で倒壊してから新たに造らないのかな?」

「さぁな。そのうち作るんじゃね？」

七瀬は、藤棚の下で藤の花を見ながら微笑んでいた。きっと気に入っていたに違いない。

「あのさ、棚は壊れたけど、藤の花ってどうなったか知ってるか？」

「そこまでは知らないけど。でもまーあれだけ大きく育ってて花もいっぱい咲かせてたからな、全部ダメになったとは思えないけど。つーか、さっきからどうしたんだよ。今日の涼太、ちょっと変だぞ」

もしも自分たちの手で藤棚を復活させることができたら……。

立ち上がった俺は辺りを見渡したあと、「先に戻る」と寺川に告げて混み合う中庭を後にした。

校舎に入り上履きを履いた俺は、急いで教室に向かった。

教室に入ると一番に目につくのは、窓際の一番前の席。いつものように、ひとりで机に向かってお弁当を食べている七瀬がいた。天気がいいからか、窓から差し込む日差しが彼女をいっそう綺麗に輝かせているように見える。

ほとんどのクラスメイトは中庭か食堂でお昼を食べているのか、教室にいるのは七瀬の他に男子三人だけだった。本当は誰もいなければいいなと思っていたけど、仕方ない。廊下側の席でおしゃべりをしている男子たちを気にしつつ、七瀬に近づいた。

七瀬の横に立つと、俺は緊張を抑えるように拳《こぶし》を握った。

「あのさ」

ふと見上げた七瀬の大きい瞳にドキッとしながらも、言葉を続けた。

「聞きたいことがあるんだけど」

そう言うと、七瀬はお弁当に蓋をして片付けを始めた。

「七瀬？」

急ぐようにお弁当箱をカバンにしまった七瀬。もしかしたら逃げられてしまうかもしれないと思った。

「ちょ、ちょっと待って」

イスを引いて立ち上がろうとしている七瀬を止めようと、俺は両手のひらを彼女の前に突き出した。

「ひとつだけ、ひとつだけでいいから聞きたいんだ」

七瀬は少しだけ浮かせた腰を下ろし、うつむいた。

同じクラスになって五ヶ月以上経った今、七瀬が話しかけてほしくないと思っているということは重々承知している。でもどうしても確認しておきたいことがあった。

「七瀬は、藤棚のこと……どう思ってた？」

俺の言葉に、七瀬が顔を上げる。学校の中で七瀬と目が合ったのは初めてだ。

「今はなくなっちゃったけど、七瀬は、その――」

「好きだった……」

「えっ？」

ささやくような七瀬の声は、隣にいる俺でも微かに聞こえる程度だった。

「藤棚の下にいるのが、好きだった……」

去年の五月、七瀬は藤棚を見て微笑んでいた。藤棚の存在が七瀬を笑顔にさせていたのだとしたら……。

「ありがとう。突然話しかけちゃってごめんね」

俺は軽く頭を下げ、急いで教室を出た。

滅多に笑わない七瀬を笑顔にしてしまうくらい、藤棚はものすごいパワーを秘めている。そんな藤棚を復活させることができたら。自分たちの手でそれが叶《かな》うなら、七瀬に最高の思い出を作ってあげられるかもしれない。

そう思ったのはいいけど、俺が張り切って発言したり積極的に行動したところで恐らく誰もついてこない。こういう時こそ、クラスの中心人物に頼るべきだ。

とはいうものの、結城とは挨拶を交わす程度で親しいわけではない。明らかにタイプも違うし、俺の提案なんて受け入れてくれるだろうか。不安だけど、七瀬を助けられる可能性があるならやるしかない。

廊下に出てキョロキョロと視線をさまよわせていると、トイレからひとりで出てくる結城を見つけたので急いで駆け寄った。

「結城、ちょっと、今いいか？」

ぽかんと口を開けて瞬《まばた》きをしたあと、「いいけど」と返事をした結城。

「あのさ、文化祭のことで話があって」

誰にも聞かれたくないので、周囲を気にしながらできるだけ小声で言った。

「俺からもひとつ案があるんだけど。藤棚って今壊れてないじゃん？」

「あぁ、うん」

俺の目を見ながらうなずいた結城。

「あれを俺たちで直せないかなって」

「藤棚を!?」

結城が思った以上に大きな声を出したので、俺は静かにしてほしいという思いを込めて人差し指を自分の口元に当てた。

「あれって学校の名所だったじゃん？　伝説とかなんかあったし。いつまでも藤棚がないのはなんか寂しいかなって。藤の花がどうなったか分かんないけど、棚を作って植え替えるくらいはできそうだし」

「確か台風で半分倒壊したけど、そのまま残しておくと危険だから全部壊したんだよなー。残った藤の木は近くの植物園に預けてあるって聞いたけど……」

　そう言って腕を組み、「んー」とうなりながらしばらく考えていた結城が、ポケットから携帯を出してなにやら操作している。しばらくすると、また携帯をポケットに入れた。

「それいいかもな。今調べたら藤棚を作る材料はホームセンターとかで手に入るみたいだし。でも、学校の名所である藤棚をうちのクラスが独断で作るのはどうなんだろうなぁ」

「金がかかるってことか？」

「ちゃうちゃう、そーじゃなくて、文化祭の出し物はあくまでクラス単位でやることじゃん？　学校の名所を俺たちのクラスだけで作るってなったら他のクラスの意見も聞かなきゃだし、先生たちにも相談する必要がありそうだな～と思って」

「なるほど、確かに」

　俺たちのクラスだけで実行したら、それは学校の名所ではなく二年B組のシンボルになってしまう可能性がある。藤棚はあくまで学校と全生徒のための物だ。

「でも、すげーいい案だと思うよ。まさか涼太からこんな案をもらえるなんて想定してなかったから、マジで驚いたけど」

　結城が俺の腕を叩《たた》いて興奮気味に言うと、急に首筋が寒くなりとんでもない羞恥心に襲われた。

「別に……さっき中庭にいた時にたまたま思いついたから」

寺川にも指摘されたが、自分でもらしくないということくらい分かっている。いつまでも藤棚がないのは寂しいとか、どの口が言っているんだとも思う。

「あ、あのさ、結城ってやっぱその……藤棚の下で告白とかされたことあるの？」

自分のことをごまかすように聞くと、結城は迷いなく「あるけど」と答えた。やっぱりモテる男は違う。

「それで、今まで何人の女子と付き合ったの？」

俺とは無縁の世界なので、つい知りたくなった。

「何人って、ひとりもいないけど」

けれど結城の答えは俺の予想とはまったく違っていたので、一瞬固まってしまった。

「え、え、ひとりも？　付き合ってないの？」

「そうだよ。だって好きじゃないのに付き合ったって意味ないじゃ～ん」

意外すぎて、返す言葉が見つからない。もしかしたら、見た目と違って意外とチャラくないのかもしれないとさえ思えてきた。

そういえば結城は部活も毎日真面目にやっているみたいだし、見た目だけで判断していた俺の偏見？

「涼太？　どうした？」

「あ、いや、別に」

顔をのぞき込まれ、俺は焦ってかぶりを振る。

「じゃー、とりあえず俺から先生に話してみるよ。なんか分かったら連絡するから、一応番号教えて」

結城に携帯の番号を教えたあとで「ちょっとお願いがあるんだけど」と俺が切り出すと、結城は首をかしげた。

「藤棚の案を出したのは、俺じゃなくて結城ってことにしてくれないか？」

「え、なんで？」

結城が目を見張ると、俺はポリポリと自分の頭をかいた。

「いや、なんつーか、俺みたいなヤツが藤棚を直したいなんて、ちょっと気持ち悪いじゃん」

「そうか？　よく分かんないけど」

俺の意見として出しても誰も同調してくれないのではないかという不安からだ……とは、すごく小さい俺のプライドが邪魔をして言えなかった。

「要くん！」

廊下にいた俺たちのもとにひとりの女子が突然駆け寄ってきて、結城の腕に絡みついた。

「教室にいないから探しちゃった」

この前は違う女子と一緒に帰っているのを見たけど、彼女がいないから女が次々と寄ってくるのかもしれない。

とりあえず話は終わったし、女子が結城をグイグイ引っ張っているので、俺はそっとその場を離れて教室に戻った。

自分の席はうしろだけど、前のドアから教室に入れば七瀬の横顔が見える。

今度はひとりで席に座って本を読んでいる七瀬。長い髪で自分の存在を隠すように、うつむきながら文字を追っている。その横を通り過ぎる時、胸が異常に高鳴り、苦しくなった。

『お昼一緒に食べよう』と、気軽に言える日がいつか来るといいなと心から思う。俺じゃなくてもいい。クラスの女子の誰かが誘って、七瀬が楽しそうにお弁当を食べているところを、俺は見てみたい。

夕飯を食べ終えて部屋に戻った俺は、ベッドの上で漫画を読み始めた。あまり集中できないけど、なにかしていないと七瀬のことばかり考えてしまう。病気は大丈夫なのか、家ではちゃんと笑えているのか心配になる。

文化祭まであと半月。明日のホームルームで最終的な話し合いをし、出し物を決めることになったけど、結城はうまくみんなに話してくれるだろうか。

結局七瀬や文化祭のことばかりが頭の中を占めているので、漫画を棚にしまって携帯を手に持った。誰かに連絡をするわけではなく、ゲームをやるためアプリを起動しようとしたタイミングで、着信音が鳴った。

滅多に電話なんてかかってこないので驚いたが、さらに驚いたのはその相手。画面には【結城】と出ている。まさか今日教えてすぐに連絡があるとは思わなかった。

「はい」

『涼太？　俺』

まるで何度も電話をしたことがあるかのような軽い口ぶりだけど、結城と電話をするのはもちろん初めてだ。

「え、なに？」

『藤棚の話、先生に聞いたんだけどさ』

「もう？」

さすがの行動力だ。

『うん。そんで、うちの学校の藤棚はけっこうでかかっただろ？　あの規模を造るとなると、ちゃんと設計図があって土台をしっかり造ってってやらなきゃいけないから、俺たち素人には無理らしいんだ。しかも文化祭の費用だけじゃ足りないって』

これしかないと思っていたのに、『無理らしい』という言葉に大きく落胆した。

「やっぱ無理か……」

『でも別の案があってさ、全校生徒から資金を集めるのはどうかってなったんだ！』

活気のある結城の声が耳に届き、俺はうつむきかけた顔をパッと上げた。

「資金を集める？」

『そう。他の生徒からも資金を集められるようなアイデアがあればいいんじゃないかと思ってさ』

なるほど。そうすることで全校生徒が協力できるということか。結果的にうちのクラスだけではなく、学校の藤棚として復活させられる。

『年間の予算が決まってるとかなんかで来年の夏に新しい藤棚を建てる予定だったらしいんだけど、遅いよな～？』

来年の夏なんて遅すぎる。しかも藤の花が咲く時期を過ぎてから完成するんじゃ意味がない。

「みんなの力で来年を待たずして藤棚を復活させられたら最高かもな」

七瀬を救う手立てを絶たれたかに思えたが、また大きな希望が見えてきた。

『つーことで、涼太もなんかいいアイデアないか考えてみてくれよ』

「あー、うん。浮かぶか分かんないけど、一応考えてみる」

そう言って電話を切ると、ふーっと息を吐きベッドに寝転んだ。

結城は俺とは違う位置にいるから会話も弾まないだろうと勝手に決めつけていたけど、普通に話せた。結城のコミュ力の高さのおかげなのか、むしろ案外話しやすいかも。

体を起こして机に向かった俺は、その辺に置いてあるノートを開いた。

藤棚、資金集め、アイデア。とりあえず文字に起こしてみたけど、どうしたらいいかな……。七瀬が一緒にできそうなこと。そして、楽しいと思ってもらえること。

でも、いくら考えても思いつくはずがない。七瀬がなにを好きなのか、趣味はなんなのか、好きな食べ物も好きな色も、なにも知らないのだから。

唯一分かるのは、藤棚が好きだということだけ。藤棚を復活させるとなったら、七瀬は喜んでくれるだろうか。悩んだって答えは出ないのだから、やるしかない。

睡魔が襲ってきて眠気が限界を迎えるまで、俺は資金集めができそうなアイデアをひたすら考え、ノートに書き込んだ。

翌朝、机の上に置きっぱなしにしていたノートを改めて開いた瞬間、背筋がぞくっと震えた。

【アイデアアイデア、なにか売る↓お金になる。食べ物、フランクフルト、チョコバナナ、焼きそば、屋台系。小物を売る。アクセサリー、手芸、ストラップ☒、かわいい人形、かわいい↓ウサギ、イヌ、ネコ、クマ、おにぎり、ケーキ、イチゴ、サンマ、なんかキャラ、かわいいキャラ。やっぱイヌ？　子イヌ……】

これらの文字が一枚のページにバラバラに書かれていて、俺にとってはどんなホラー小説よりも怖いノートだった。

でも誰かに見せるわけではないし問題ない。最後のほうは眠くて頭が回らなかったけど、なんでおにぎりとサンマをかわいいと思ったのかは謎だ。

だいぶ混迷状態だったことがよく分かるノートをもう一度確認し、しっかりと閉じて机の棚にしまった。

いつも通り家を出て自転車で学校に向かう。

息を切らして坂をのぼり、学校までの一本道をまっすぐ走っていると、あと百メートルほどで学校に着くというところで歩道を歩く七瀬を見つけた。一瞬にして、俺の目には彼女以外なにも映らなくなった。

スピードを落とし、ひとりで歩いている七瀬の少しうしろまで来ると、俺は思いきって口を開いた。

「お、おはよう。おはよう」

しかし、動揺してなぜか二回繰り返した俺の挨拶は、真横を通り過ぎた車のエンジン音によって見事にかき消された。タイミングが悪すぎる。

七瀬を追い越してしまった俺はもう一度勇気を出して両手を強く握り、ブレーキをかけた。

「おはよう、七瀬」

振り返って挨拶すると、顔を上げた七瀬は目を丸くして俺を見た。

笑顔で挨拶を返してくれるなんて期待していない。きっと軽く頭を下げるくらいだろう。それでも俺は……。

「おはよう」

長い髪をなびかせながら歩いている七瀬が、小さな声でささやいた。

次々と生徒が歩いていく中、俺の時だけが止まった。

今の『おはよう』は、俺に向けてだよな？　俺に言ったんだよな？

どんどん離れていく七瀬のうしろ姿をボーッと見つめていると、どこからか聞こえてきたクラクションの音で、ようやく俺の時間が動き出した。ペダルに足をのせ、ゆっくりと前に進む。

なんだこれ……。ヤバい……。

自然と鼻歌を口ずさんだ俺は、リズムに合わせて頭を左右に揺らしながら自転車をこいだ。胸の中が躍り出し、顔の筋肉が勝手にゆるむ。出会う生徒全員に笑顔で『おはよう』と声をかけたくなるくらい、この上ない喜びで俺の心が満たされていく。

ただひとこと挨拶を交わしただけなのに、こんなにも嬉しいと思えるなんて。自分でも信じがたい初めての経験だった。

恋する女子はみんなこんな気持ちなのだろうか。もしかしたら俺って、ものすごいピュアなのかも。その辺の女子や少女漫画に負けないくらい、まっすぐな恋をしているのかもしれない。

たまたまテレビでやっていた胸キュン恋愛映画を見ていた時は、なんの感情も湧かなかった。でも今は、恋愛映画の主人公の気持ちが少し分かる。恋は、なにも女子だけのものじゃないんだ。男子だって恋をする。好きな子と話せたら、そりゃ嬉しいに決まっている。

「なにニヤニヤしてんだよ。気持ち悪いぞ」

下駄箱で寺川にそう言われ、一気に現実に引き戻された。

「うるせーな。別になんでもねぇよ」

ただ女子と違うところは、そういう気持ちを簡単には友達に話さないこと。きっと女子ならここで『さっき挨拶しちゃった』とか友達に報告するのだろうけど、俺が寺川にそれを言ったら気持ち悪いだけだ。

「今日もまた朝から話し合いだな」

「そうだな。決まらないと準備期間短くなるし、早く決まるといいけど」

廊下を歩きながら俺がそう返すと、寺川が突然足を止めた。

「どうした？」

俺の顔を見ながら黙っている寺川。意味が分からなかったので、俺は寺川を置いて教室に入った。

「おっす、涼太」

「おぉ」

席に着いた瞬間寄ってきた結城が、俺の机の上に手をつき「どう？」と尋ねてきた。

「まぁ、一応考えたけど、俺の意見はあんまり参考にならないから」

「またまた～。いいからとりあえず聞かせてみろって」

そんなやり取りをしている間に、寺川が席に着いた。

「えっと、誰でも簡単に作れるような物をみんなで協力して作って、それを売るっていうのがやっぱ一番いいんじゃないかなって。食べ物も考えたんだけど、それよりも手元に残るほうが記念にもなるし」

「確かに、食べ物じゃ食ったらなくなっちゃうしな～。例えばどんな物がいいとかあるか？」

「女子だったら、なんつーか……かわいい物とか」

『かわいい』という言葉を出すのが恥ずかしくて、寺川に聞かれないように小声で言った。

「なんでもいいと思うんだよね。大事なのは簡単に作れて買ってもらえるような物だから」

昨日あれだけノートにたくさん書いたのに、ウサギとか子イヌとかクマとか、そういう言葉はさすがに俺の口からは言えない。

「うん、食べ物とかよりそっちのほうが断然ありだな。とりあえず、このあとのホームルームで俺がみんなに意見を聞いてみっか」

「おう、頼んだ」

結城が席に戻った途端、寺川が俺のほうにくるりと振り返った。

「今の、なに?」

寺川は結城に視線を向けながら、無愛想《ぶあいそ》な口調で俺に聞いてきた。

「な、なにって?」

「買ってもらえる物がどうとか」

「いや、別に大したことじゃないけど、昨日思いついたことを結城にちょっと話しただけだよ。あいつも毎回クラスをまとめるの大変だろうし」

「お前が？」

　またもや寺川は、俺の目をジッと見つめている。

「そう、だけど……」

　眼鏡の奥から疑惑の眼差しを向けられて、俺は思わずうつむいた。

　どうせまた、らしくないと言いたいのだろう。だけど仕方ないんだ。らしくないことをどんどんやっていかないと、七瀬を助けられないのだから。

　昨日と同じように結城と大野が前に出て、朝のホームルームが始まった。担任は俺たちの話し合いで決めてほしいからか、特に口出しはせず窓際に座って様子を見ている。

「よし、文化祭の話し合いするけど、最初にみんなに聞いてほしいことがあるんだ」

　結城はそう言って、一瞬俺のほうに視線を向けた。なんだか嫌な予感がする。

「ひとつ、いい案があるんだ。うちの学校の名所だった藤棚は、台風によって倒壊したまま今はないじゃん？　そのことについてどう思う？」

　結城の問いかけに、「藤棚ないのは寂しい」だとか、「もうできないのかな？」などという言葉が教室のあちこちで飛び交っている。

「だよな～。俺も早く藤棚ができないかなって考えてたんだ」

　再びチラッと俺に視線を投げた結城。

なんだ、なんで俺を見るんだ。あいつ、まさか……。

「実は昨日、藤棚を自分たちの手で直せないかって、涼太が提案してくれて」

その瞬間、「塚本くんが?」「嘘《うそ》でしょ?」という言葉と共に、全員の視線が俺に集中した。こんなにも注目を浴びたことは今までの人生において一度もないけど、決して嬉しくない。むしろやめてくれ、と心の中で叫んだ。

みんなの視線に耐えきれなくなりうつむくと、結城が言葉を続けた。

「それってすごくいい案だなって。だから涼太、どうしてこの案を思いついたのか、お前の意見を聞かせてくれよ」

冗談じゃない。話し合いの場で俺みたいなヤツに発言させるなんて、どうかしている。別に誰も俺の意見なんて求めていないだろ。目立ちたくないから、結城の案として言ってくれと頼んだのに。

唇を噛みながら顔を上げると、七瀬以外の全員が俺の言葉を待っていた。こんな時でも七瀬は振り返ったりしない。

「涼太、いいか?」

この状態では、もはや逃げ道はどこにもない。保健室に逃げることはおろか、いつものように知らん顔することさえできるはずがなかった。

観念した俺は、ガタガタとイスを鳴らしながらゆっくりと立ち上がる。そしてうつむいたまま、話し始めた。

「お、俺は……藤棚は、今いる生徒だけじゃなくて卒業生とか、たくさんの生徒にとって特別な存在だったから、いろんな人の思い出が詰まってるっていうか。伝説とかもあって、多分告白したヤツもいるんだろうし」

一度ゴクリと唾を飲み、心を落ち着かせた。

「そういう大切な思い出が詰まった藤棚を、また新たに造れたらいいなって思ったんだ。来年の夏まで待って、業者が来ていつの間にかできてるっていうんじゃなくて、なんつーか、生徒ひとりひとりが新しい藤棚を造ることに関わっていけたらすごいなって」

ふと目線を上げると、いつの間にか七瀬が振り返ってこっちを見ていた。七瀬が俺の話を聞いている。

「つまり……藤棚がなくなって寂しいって感じている人もいるはずだけど、思い出ってのは例え失くなったとしても、新たに作れると思うから……」

そこまで言うと、俺は静かに腰を下ろした。火が点いたのではないかと思うくらい、顔が熱い。

「サンキュー涼太。俺も涼太とまったく同じ気持ちだけど、みんなはどう？」

どこからかパチパチと小さな音が聞こえてきて、それに続いてだんだんと大きくなる拍手の音。うしろからだと見えないけど、七瀬も拍手をしてくれているのだろうか。最後の言葉は、思いきり七瀬に向けた言葉だ。彼女ひとりだけに。

そのあとの話し合いで無事意見がまとまり、資金を集めるためにうちのクラスでは手作りの物を売ることになった。

けれど、ただの資金集めではない。うちのクラスで作った物を購入してくれたら、その購入してくれた生徒も藤棚を復活させるために一役買ったことになる。最初に結城と話した通り、そうすれば俺たちのクラスだけではなく、学校の名所として藤棚を復活させられるというわけだ。

商品については、男子は裁縫ができないとか女子はかわいい物がいいなどとさまざまな意見が出た。それを受けて話し合った結果、それぞれが作れるものを自分で考えて案を出し、商品をいくつかに絞って売る方向で決まった。実際、苦手な物を我慢して作るよりもそのほうがずっとやる気も出るだろうし、いい考えだ。

裁縫が得意な女子はマスコットやポーチなど。アクセサリーを作りたいという意見を出した女子もいたし、親が大工だという男子は木材を使ってイスを作ると豪語していた。

最初は文化祭なんて面倒なだけだと思っていた俺が内心ワクワクしているなんて、自分でも信じられない。行事に熱を入れるのは初めての経験だけど、こんな気持ちになれたのは、すべて七瀬を想う気持ちがあるからこそだ。

「あのさー」

一時間目が終わり休み時間になると、寺川が俺のほうを向いた。

「ん？」

「涼太って、宇宙人とか未確認飛行物体とか信じるタイプか？」

「……は？」

寺川はひどく真面目な顔つきで俺を見ている。

「なんだよ急に。別に信じるとかはないけど、実際いたらすごいなとは思う」

「それって、宇宙人がすごいってことか？　宇宙人リスペクト？」

眼鏡を上げながらぐいっと顔を近づけてきたので、俺の体は自然とのけ反る。

「いや、別にリスペクトとかじゃないし。つーか、さっきからなんなんだよ」

「だってさ……なんかちょっと前くらいから、俺の知ってる涼太じゃない気がして」

「え？」

すると寺川は、眉をひそめながら窓の外に視線を向けた。

「じわじわと人格を乗っ取られつつあるか、もしくは既に中身を入れ替えられているか……」

「ちょ、お前なに言って」

「お前、涼太じゃないだろ？　宇宙人なのか？」

恐ろしく真剣な目つきで変なことを言い出すもんだから、俺はたまらず噴き出し、そのまま腹を抱えて笑い出した。

「なっ、笑いごとじゃないだろ！　俺はマジで涼太を心配して」

そうか。友人を心配させてしまうほど、今の俺は別人格に見えてしまっているのか。

どちらが本物なのか、多分どっちも俺なのだろう。

逃げてばかりいた自分は楽だったけど、好きではなかった。だから、七瀬を想う気持ちが自分を変える原動力なのだとしたら、俺はもっと変われるかもしれない。結城のようにはなれなくても、日陰から見ているだけではなく、日向《ひなた》に一歩足を出すくらいにはなれるような気がした。


文化祭について、翌日のホームルームで最終的な話し合いをした。しかしなにを思ったのか、文化祭に関してクラスをまとめる役に、結城は俺を推薦してきた。本当に、雷にでも打たれたかと思うくらいの衝撃だった。正直、開いた口がふさがらなかった。

アイデアを出した張本人だから、という理由らしいけど、まとめるなんてとても無理だ。少しだけ変わり始めているとはいえほんの一歩前に出ただけで、そこまでの器はない。だから、その役をどうしてもやらなければいけないのなら、俺以外にも何人か選出してほしいと頼んだ。

結果、俺の他には安定の結城と大野、それから寺川も加わった。寺川は、完全なる道連れだ。最初は全力で拒否してきたが、『引き受ければ、どうして俺が宇宙人に乗っ取られたか教えてやる』という取引を持ちかけたら、しぶしぶ納得してくれた。同じ空気感を持つ寺川が近くにいると、少しは安心できる。

なにを作るかを決定したあと、大野が黒板に書かれている文字に丸を付けた。それから藤棚にかかる予算を踏まえて大野が計算をし、一個当たりの単価と大体どれくらい売れればいいのか、最終的な売り上げ目標を設定した。

それぞれの班は、木材を使って小さなイスやテーブル、棚などを作る木材班、ポーチとティッシュケースは裁縫班、マスコット人形はマスコット班、ビーズでリングやネックレスを作るアクセサリー班、ミサンガを編むミサンガ班。

「あと、最終的にはみんなでやるけどメインで教室の装飾を担当する班も入れて、早速分かれよう」

俺と寺川は前に出てはいるものの、発言している結城の横にただ立っているだけ。俺たちがここにいる必要性をまったく感じないけど、今さら言えない。

「じゃーまず手を挙げてもらおっかな。人数が偏ったら話し合いだからな」

どの商品を作りたいか挙手で決めると、男子は木材班と装飾班に集中したものの、割とバランスよく人数が分かれた。

俺はこの中だとミサンガしか作れる自信がないのでミサンガ班に手を挙げた。でもミサンガは単価が安く材料もひとつなので、その分大量に作らなければいけないということがネックになったのか人気がない。立候補者は俺の他に寺川だけだった。

「えっと、人数が足りないから俺もミサンガ班に入るけど、大野はどうする？」

結城が問いかけると、大野は七瀬に視線を向けた。

七瀬がどのチームにも手を挙げていないことに気づいていたが、やっぱりやりたくないのだろうか。

「七瀬さんは、どうする？」

「私は……」

大野の問いに、うつむいたまま小さな声を出した七瀬。

やりたくないというか、そんな気分になれないのだろう。そりゃそうだ。手術をしなければいけないし、もうすぐ大切な記憶を失ってしまうかもしれないんだから、のん気にアクセサリーやミサンガを作っている余裕なんてないに決まっている。

でも、だからこそ俺は七瀬に一歩踏み出してほしかった。

自信なんてない。本当に七瀬を楽しませることができるのか、最高の思い出を作ってあげられるのかなんて分からない。だけど、やれるところまでやると決めた今、らしくないことをとことんしてやろう。

「あの、ちょっといい？」

そう言って手を挙げた俺は、七瀬のほうを向いた。

「あのさ、ご覧の通りミサンガ班は今三人しかいなくて、正直これじゃー決められた個数作れないかもしれないんだ。それに俺と寺川は不器用だし。だから……七瀬も一緒にやらないか？　買ってくれた人の思い出に残るように、一緒にミサンガ作ろうよ」

すると七瀬は顔を上げ、まっすぐな瞳を俺に向けた。目が合ったまま数秒止まった時間が、俺と七瀬を細い線でつないでくれているような気がした。

「私は……ミサンガ班に、入る」

七瀬の返答を聞いた俺は、心の中で思いきりガッツポーズをした。

「どさくさに紛れて勝手に俺も不器用の仲間入りにするなよ」

寺川が『一緒にするな』という目つきで見てきたが、そんなことはどうでもいいじゃないか。あの七瀬がやると言ってくれたんだ。

七瀬と一緒にミサンガを作れる。きっとこれで、今までよりもずっと近づけるかもしれない。

「女子ひとりじゃ心細いだろうし、私もミサンガ班に入るね」

大野は黒板に向かい、七瀬の名前の下に自分の名前を書いた。

早速この日の放課後から準備が始まった。部活や塾などの習い事があるヤツもいるからもちろん全員というわけにはいかないけど、各班三、四人は残っている。

俺たちミサンガ班は、バスケ部の結城と塾がある寺川が欠席。残ったのは、俺と七瀬と大野だった。大野とはほとんど会話らしい会話をしたことがないので、どんなふうに接すればいいのか迷う。

ミサンガ作りについて話をしようと、七瀬の席のうしろに大野、右隣に俺が座ったのだが、誰も発言せずに五分が経過してしまった。七瀬は無言でうつむいたまま、大野は机に置いた電卓を使ってさっきから黙々となにか計算をしている。

他の班から時々聞こえてくる楽しそうな笑い声が、余計に俺たちの静まり返った微妙な空気を際立たせていた。

今日はまず買い出しをしてほしいと結城に頼まれたから、七瀬にいいところを見せたいし、ここは俺が率先して……。

「あのさ、買い――」

「よし、これでいこう!」

俺がしゃべり出した瞬間、大野がペンを置いて机に広げていた紙を持ち上げた。張り切って仕切ろうとした俺は、開いた口を何事もなかったかのようにゆっくりと閉じる。

「百均で売っている刺繍糸《ししゅういと》の長さと、ミサンガを編むのに使う長さから失敗する可能性も含めて大体の必要個数を出したから。糸が足りなくなったらまた買い足せばいいし、とりあえずこれ」

そう言って、大野は俺に個数が書かれた紙を渡してきた。

「お、おう」

大野については秀才だという認識しかないが、イメージ通り真面目できっちりしている性格なのかもしれない。

「七瀬さん、買い出しは行ける？」

大野が話しかけると、七瀬はコクリとうなずいた。

「そう、よかった。塚本くんだけだと不安だから、七瀬さんも一緒だと助かる」

そう言って七瀬に笑顔を向けた大野。

大野もどちらかというと七瀬と同じく大声で笑う姿はあまり見たことがなく、休み時間もほとんど自分の席で過ごしている。クラスメイトとは普通に話しているようだけど、学年トップの秀才というイメージが先行してしまっているからか、こんなふうに柔らかく笑うんだなと、失礼ながら少し驚いた。

あれ？　待てよ。今、『塚本くんだけだと不安』とか言ってなかったか？

「大野は買い出し行かないのか？」

「私は十六時半から塾があって間に合わなくなるから、申し訳ないけど行けない」

「そっか」

そっか、じゃない。なにを冷静にうなずいているんだ俺は。つまり、七瀬とふたりで買い出しに行くことになるわけで……。

「お金はどっちに渡せばいい？」

「えっと、じゃー俺が」

各班で分けたお金が入っている茶色い封筒を大野から受け取った。

「絶対になくさないでよね。なんか塚本くんってなにも考えてなさそうだし頼りないから心配」

やっぱり俺はそういう印象なのだと改めて実感した。七瀬にも『深く考えなそう』と言われたし。

「大丈夫だよ。責任もって管理するから」

せめてこの文化祭が終わるまでは、頼りなくてなにも考えてなさそうな自分は封印する。

俺は受け取った封筒をカバンの内側にあるポケットに入れた。

「領収書、必ずもらってね。まさか自分の名前とかでもらったりしないでよ」

「分かってるよ、大丈夫だって」

今までの俺の振る舞いが原因なのだろうけど、ここまで心配されるとちょっとへこむ。

「じゃー私、行かなきゃいけないから。買った材料は明日持ってきてね」

「了解」

大野が急いで教室を出ると、残っているのは俺と七瀬の他にはマスコット班の女子四人だけだった。他の班も買い出しに出かけたのかもしれない。

「えっと、じゃー、行こうか」

俺が立ち上がると、机の横にかけていたカバンを持って七瀬も立ち上がった。

これから俺は、本当に七瀬とふたりで買い物に行くんだ。平静を装いながらも内心はかなり動揺していたのか、歩き出した瞬間、側にあった机に足を思いきりぶつけた。太ももが地味に痛む。

恥ずかしかったけど、それを七瀬に悟られないようになんでもない涼しい顔をして足を進めた。

「駅中の百均って、行ったことある？」

靴に履き替えながら聞くと、七瀬は首を横に振った。

「俺も自転車だからあんまり行かないんだけどさ、雨の日とかたまに行くんだ。駅にあると目についちゃって、つい余計な物買っちゃうんだよね」

相変わらずどうでもいい俺の話では、七瀬の表情は少しも変わらない。会話がうまくなる本でも買ってみようかと本気で考えながら学校を後にした。

俺は自転車を押しながら、七瀬の隣に並んで歩く。しかし歩道が狭くて前から人が来るとすれ違えないため、そういう時は七瀬のうしろに下がった。そして誰もいなくなると、俺はまた七瀬の隣に移動する。

いちいち前に出たり下がったりせずにずっと七瀬のうしろか前をキープすればいいのだろうけど、並んで歩ける現実が嬉しくて体が勝手に動いてしまう。

駅までの道中、七瀬の隣に並ぶことに必死になっていたせいであまり周りの景色は目に入らなかったが、所々立っている街路樹から葉っぱがはらはらと落ちてくる様子には夏の終わりを感じられた。

「ちょっと自転車停めてくる」

駅前に着くと、俺は急いで駅の駐輪場に自転車を停めた。

ふたりで駅に入り階段を下りると、地下街の一画に百均がある。一緒に歩いている七瀬を気にしながら、多く行き交う人の間を縫って店に入った。

他のクラスや学年の生徒も文化祭の買い出しに来ているのだろう。同じ制服を着た学生がちらほらいる。

「えっと、刺繍糸は……」

カゴを持ちキョロキョロしながら店内を見回していると、七瀬が俺の腕をつんと突いた。

「あっち」

そう言って指差した場所の上部に、【手芸】と書かれた看板が見える。七瀬の指が触れた自分の腕にそっと手を当てて、「おう、あっちか」と返事をした。

こんなことでいちいちドキドキしてしまう俺の心臓はいったいどうなっているんだと思いながら、手芸品があるコーナーへ向かった。

手芸関係の商品が並んでいる棚を見ていると、またもや七瀬が俺の腕をつんつんと突く。そして手に持っている刺繍糸を俺に差し出した。

その何気ない七瀬のつんつん攻撃がかわいすぎて、どんな大砲よりも大きな衝撃を俺に与えてくる。

「あ、ありがとう。見つけるの早いね」

五束セットになった刺繍糸には、ピンク、水色、紫、オレンジ、白が入っていた。他にも違う色が入ったセットもある。

「綺麗な色……」

隣にいる七瀬が、刺繍糸を見ながらつぶやいた。

「うん、綺麗だよね。正直、こんなにカラフルな色がそろってるとは思わなかったよ」

これはどの色を使って編むかもセンスが問われるな。

俺にはセンスなんて微塵《みじん》もないから不安だけど、とりあえず必要な個数を数えながら刺繍糸をカゴに入れた。

「塚本くん……」

名前を呼ばれただけで、俺の心臓はカエルのようにぴょんと飛び跳ねる。

「なに？」

「塚本くんて、ミサンガ編んだことあるの？」

俺よりも顔半分くらい背の低い七瀬がすぐ隣で見上げてきたので、心臓が驚いて反射的に目を逸らしてしまった。

「えっと、一回だけね。小学生の頃にサッカーやってた友達が持ってて、それがうらやましくて自分で作ってみたんだ。下手だったけど。七瀬は？」

俺が聞くと、七瀬は首を横に振りながら「作ったことない」と答えた。

「そっか。でも俺も作り方なんて忘れちゃったよ。確かけっこう簡単だったと思うから、ネットで調べればたくさん出てくるんじゃないかな」

自分で言った言葉に、俺はハッとした。今がチャンスなのかもしれないと思った俺は、意を決して言葉を続ける。

「あのさ、あの、七瀬。文化祭のこととか、ミサンガの作り方とか、なんか分かりやすいサイトを見つけた時とか、他にも……なんかあった時のために、その……アドレスとか、ＬＩＮＥでもいいし、教えてもらえたらありがたいというか」

ため息が出るくらい下手な聞き方だ。全然スマートじゃないし、男らしくもない。

男子に連絡先を聞かれたら女子はドキドキするものなのかどうかは分からないけど、こんな聞き方ではドキドキどころかグダグダすぎて教える気なんて起きないだろう。

俺が女なら、怪しすぎて絶対に教えないし。

「いいよ」

「――え？」

いや、待て……。そんなはずない、きっと聞き間違いだろう。

「今、なんて？」

聞き返すと、七瀬はカバンの中に手を入れながら答えた。

「連絡先、教えるけど」

そして、カバンから茶色い手帳タイプのカバーが付いた携帯を取り出した。

嘘だろ。まさかこんな簡単に教えてくれるなんて予想していなかったから、逆に焦ってしまう。

俺もカバンの中に手を突っ込んで漁《あさ》ったが、なかなか携帯が見つからない。と思ったら、ブレザーの内ポケットに入れていたことを思い出した。

ふーっと息を吐いてブレザーから携帯を出すと、俺たちは百均の手芸コーナーの前でお互いの連絡先を交換した。

「七瀬ってＬＩＮＥやってるイメージじゃないから、少し驚いたな」

「どうして？」

「いや、だって……」

口には出せないけど、いつもひとりでいるし、ＬＩＮＥを交換する友達がいるようには見えない。

「友達なんていなそうだって思ったでしょ？」

「え？　あ、いや……」

分かりやすくあたふたしていると、七瀬がほんの少しだけ笑ったように見えた。

「いいの。本当に今は友達なんていないから。でも昔はいたし、ＬＩＮＥもしてたんだ」

「そっか……。でもまさか俺に教えてくれるなんて思わなかったから、意外すぎてビックリしたよ」

「どうして？」

また聞き返されてしまったが、無表情で冷たくて〝近寄るなオーラ〟が出ているから教えてくれそうにない、とはさすがに言えない。

「いつも冷たい態度だからって思ってる？」

「えっと、そういうわけじゃ」

人にあまり関心がないように見えるのに、俺の心の中をズバリと当ててくるから驚いた。

焦っている俺を見た七瀬が、手を口元に当ててクスッと笑った。その瞬間胸の鼓動が速くなり、思わずゆるんでしまった唇を慌ててキュッと結んだ。

やっぱり笑ったほうが断然いい。七瀬が笑うだけで周りの温度が上がり、明るさが増す。特別な感情があるからそう感じるだけかもしれないけど、七瀬には間違いなく笑顔が似合う。

「別にいいよ。私も、もし私みたいなのが同じクラスにいたら仲よくなりたくないし。冷たい女だって感じるだろうから」

俺は黙り込んでしまった。学校にいる時の七瀬は本来の七瀬なんかじゃなくて、本当はもっと明るくて優しいはずだ。そう思っていても、断言できるほど俺は七瀬のことを知らない。

大切な人を亡くし、自分が病気になってしまったことが原因なのかもしれないけど、七瀬の本心が分からなければ、それらすべては単なる俺の妄想に過ぎないのだから。

「会計しようよ」

俺が黙ってしまったためか、レジがあるほうに体を向けて七瀬が言った。

「あっ、うん。そうだね」

今まで散々適当に過ごしてきて、その場しのぎの発言ならいくらでもできたはずなのに、七瀬を前にすると途端になにも浮かばなくなる。

会計をして領収書をもらい、大量の刺繍糸が入った袋を持って店を出たのだが、レジに並んでいる時からずっと会話はない。

地下街の百均から改札に行くには右へ、自転車を取りに駐輪場へ向かうには左に行く。七瀬は電車だからここで別れなければいけない。

「私、こっちだから」

七瀬が右側を指差した。もう少し話したいと思いながらも、俺は「うん」とうなずいた。あまりずけずけと踏み込むと嫌がられるかもしれないという不安が、俺を臆病にさせている。

「そうだ」

背を向けようとしていた七瀬が、もう一度俺に視線を向けた。

「刺繍糸、ひとつ持って帰ってもいいかな？」

「うん、もちろん。どれにする？」

他の人の邪魔にならないよう出入り口から少し横にずれたところで、俺が広げたビニール袋に七瀬が手を入れる。

「これにする」

たくさんある色の中から七瀬が選んだのは、ピンク、オレンジ、黄緑、緑、黒が入った刺繍糸。

「期間も限られてるし、今日から早速作ってみる」

「俺もやってみるよ」

カバンに刺繍糸を入れた七瀬は、目の前にいる俺を見つめた。

「ひとつ、聞いてもいい？」

目が合うとどうしても心拍数が上がってしまうけど、緊張がバレないように落ち着いた口調で「なに？」と聞き返した。

「塚本くんが言ってたこと、あれ……本当にそうなのかな？」

「あれ、って？」

首をかしげた俺に対し、七瀬はうつむき加減に言葉を続けた。

「思い出が失くなったとしても、新たに作れるって……」

消えてしまいそうなほど小さな七瀬の声が俺の耳に届くと、驚きのあまりすぐに声を出せなかった。

みんなの前で『思い出は新たに作れる』と確かに言ったが、あれは七瀬に向けた言葉だった。七瀬は、ちゃんと聞いてくれていたんだ。

俺は、ゆるみそうになる頬に力を入れた。嬉しいけど、驚喜している場合ではないと気持ちを切り替える。

「本当に、そう思うよ」

七瀬が顔を上げた。俺は目を逸らさなかった。

「藤棚にはたくさんの生徒の大切な思い出が詰まっていたけど、それがなくなったとしても新たに作り直せば、大切な思い出はまた生まれる。そのために、俺は藤棚を復活させたいんだ」

それは決して、今までの思い出を忘れるという意味ではない。大切な思い出をいつまでも残しておくために、一度壊れた物をみんなの力で新しく生まれ変わらせる。

「じゃー、それが新たに作れない物だったとしたら……？」

七瀬はなにかにすがるような悲しげな目つきで俺を見上げたあと、すぐに目を伏せた。

家族との旅行。七瀬はそのことを言っているのだとすぐに分かった。

だからこそ、俺は今こうして七瀬と一緒にいる。藤棚を復活させる案を出して、七瀬をミサンガ作りに誘ったんだ。

「お、俺が……だったら俺が、その、もう二度と作れない思い出を上回るくらいの、最高の思い出を作る。七瀬が心から楽しめるような」

そこで、言葉を止めた。思わず『七瀬』と口走ってしまったことに気づいたからだ。

「私が？」

当然の疑問だ。どうして俺が七瀬に？　と思ったのだろう。でも、その理由を俺は口に出すことができない。

「えっと、なんていうか、七瀬はいつもひとりでいるし、話しかけても反応が薄くてあんまり笑わないから。本当は笑えるのに、すごく寂しそうにしてて。だから、あの、文化祭が七瀬にとって特別なものになればいいなって……」

病気のことは隠したまま、だけど嘘ではない本当の気持ちを表現するのはとても難しい。かっこよくないし、心に響くような言葉でもない。たどたどしいしゃべり方しかできない自分が情けなかった。

「なんつーか、うまく言えないけど」

「私が寂しそうだから、楽しませようとしてくれてるの？」

「あ、うん。まぁ」

余計なお世話だと思われて逆に七瀬が文化祭を楽しめなくなってしまったらと、最悪な想像をしてしまった。だが俺の不安をよそに、七瀬は唇をわずかにほころばせた。

「いつもひとりでいるとか、反応が薄いとか寂しそうとか、そんなふうにハッキリ言われたの初めてかも」

「ご、ごめん。そういう意味じゃなくて」

笑ってくれたので、気を悪くさせてしまったわけではなさそうだ。

「無表情でみんなに冷たくしていれば、誰も私を構わないって思ってた。そのほうが楽だから。でも……塚本くんて、なんだか不思議な人だね」

「俺が？　いや、俺なんてどこにでもいる普通の男で」

よくも悪くも特徴のない影の薄い存在だから、不思議な人という言葉は新鮮だった。

「うん、普通だよね。いるのかいないのか分からないくらい目立たないし」

思わず「うっ」と声が出てしまった。大人しそうに見えて、けっこうハッキリしているんだな。それもまた七瀬の新たな一面で、そういう部分を知れるのは嬉しいけど。

「私が寂しそうだから、文化祭を楽しんでほしいって思ったんでしょ？」

「あ、うん。まぁ、そういうこと」

本当は『七瀬が好きだから』だ。好きだから、七瀬を助けたいというのが俺の本音。

「ありがとう」

七瀬の言葉に、首を振った。俺はまだなにもしていない。

「だったら本当に、最高の思い出になるような楽しい文化祭にしてもらおうかな」

わずかに口角を上げ、ホッと灯《あか》りがともったような瞳を俺に向けた七瀬。

「えっ？」

「してくれるんだよね？」

急に大きなプレッシャーが俺にのしかかってきたけど、俺自身が決めたことだ。こうやって七瀬にお願いされなかったとしても、やるつもりだった。

今まで使われなかった俺のフルパワーを、七瀬のために発揮する。俺はよりいっそう決意を固めた。

「もちろん。一緒に最高の思い出を作ろうよ」

かっこよく言ったつもりが、少しうわずってしまうところが俺らしい。でも七瀬は、微笑んでくれた。

七瀬の笑顔は、俺にこの上ない喜びをくれる。自分から前へ出ることを避け続けていた俺の背中を、簡単に押してくれる。そんな魔法みたいな存在だ。

「じゃー、私そろそろ帰るね」

「そっか、そうだね」

本当はまだ聞きたいことや知りたいことが山ほどあるけど、いつまでも引き止めているわけにはいかない。俺は七瀬に向かって「また明日」と手を振った。

七瀬は軽くうなずき、俺に背を向ける。

人混みの中に消えていく七瀬をしばらく見つめたあと、改札とは反対方向に足を進めた。

スーツを着た何人もの大人たちが、コツコツと靴を鳴らしながら忙しなく地下街を歩いている。なにをそんなに急いでいるのだろう。

大人になると時間が過ぎるのが早いとよく聞くけど、こういうせっぱ詰まった大人たちを見るたびに、なんとなくその意味が分かるような気がした。同時に、今のうちにやれることは全部やっておかなければいけない気持ちになる。

誰も自分に構わないほうが楽だからと七瀬は言ったけど、俺にはそれが『本当はみんなと仲よくしたいけど』という言葉に聞こえた。だって、本心からひとりでいたいと望むなら、俺に『最高の思い出になるような楽しい文化祭にしてもらおうかな』なんてお願いしないはずだ。

七瀬の心の中にひそむ寂しさって、いったいなんなのだろうか……。

今別れたばかりなのに、既に俺の脳内を占めているのは七瀬のことだけだ。七瀬がなにを思っているのか、俺はどんな言葉をかけたらいいのか、どんな話をすればいいのか……。

そうやって悩んでいる間にも時間は過ぎていってしまうのだから、考えすぎてもきっとよくないのだろうな。

地下街を抜けて階段を上がると、きつい西日が地上を照らしていた。駐輪場から自転車を出した俺は、そのまま自宅に向かって走り出した。

家に帰った俺は早速ミサンガの作り方を調べた。確か昔一回だけ作ったのは、刺繍糸を六本使って編む方法だ。パソコンの画面を見ているうちに、なんとなく記憶がよみがえってきた。

そもそもミサンガは、手首か足首につけて自然に切れたら願い事が叶うおまじないのようなものなのだが、調べていくうちに刺繍糸の色によってさまざまな意味があるのだということが分かった。願い事に合う色を選ぶとより叶いやすいと書いてある。色に意味があるなんて知らなかった。これはもしかしたら、文化祭で売る時にも役立つ情報かもしれない。

明日学校で結城に相談してみるとして、今は先にやることがある。俺は机に置いてある携帯を持ち、ＬＩＮＥのアイコンをタップした。数少ない友達リストの中から七瀬の名前を見つけた。

【このサイトが分かりやすかったよ】

サイトのURLと一緒に七瀬へメッセージを送る。たったこれだけなのに、緊張で少し手が震えてしまった。返事が来るかどうか一抹《いちまつ》の不安はあるが、とりあえずあまり考えないようにしよう。

携帯を置いてふーっと息を吐き、袋から刺繍糸を取り出す。選んだのは水色と薄紫と白。水色は『笑顔、美しい』という意味があるらしく、七瀬にピッタリだと思った。薄紫は七瀬の好きな藤の花の色で、そこに白を加えたらきっと綺麗に仕上がる。

色を気に入ってくれるか、そもそも受け取ってくれるかさえ分からないけど、俺が最初に編むミサンガは七瀬に渡したい。

それぞれ二本ずつを同じ長さに切り、六つまとめて先端を長めに残して結ぶ。先端を机の手前にテープで貼りつけたら準備はオッケーだ。これを右端から順に結んでいく。もちろん、願いを込めて。

結ぶ場所をひとつ間違えただけで色がずれてしまうから、慎重に進めた。

いつもは点けっぱなしにしているテレビを消して無言でひたすら編んでいると、時間を刻む針の音がより大きく聞こえてきた。窓の外からも、普段は気にならない車の音がやたら耳につく。

「涼太ー！」

一階から母ちゃんのでかい声が聞こえてきた。時刻は十九時、夕食の時間だ。

今編んでいる一列を最後まで編み終えると、手を止めた。俺が不器用だからか、五列編むのに三十分もかかってしまった。

もう少し続けたいところだったけど、腹が減っては戦はできぬというからとりあえずご飯を食べようと立ち上がったそのタイミングで、机の上の携帯が鳴った。

一気に口の中が渇き、ゴクリと唾を飲んだ。

【ありがとう。寝る前に少しやってみる】

三回繰り返し読んだあと、体中の力が抜けたようにだらりと手を下げた。

七瀬を好きになって一歩ずつ前に進み始めてからというもの、今まで知らなかった感情が次々に襲ってくる。

好きな人からＬＩＮＥの返事が来るというのは、こんなにも安心できて嬉しいものなんだな。たかがＬＩＮＥごときで騒ぐ世の中の恋する女子の気持ちが、今ようやく分かった気がする。

俺の中で一番かわいいだろうと思うウサギのスタンプを送信したあと、鼻歌を歌いながら階段を下りた。


いつもは目覚まし時計が二回鳴ったところで起きるのだけど、今日は五回目でようやく起床。急いで支度をして家を出た。

自転車に乗って前から思いきり風を受けているにもかかわらずまったく目が冴《さ》えないのは、寝不足だからだ。昨日の夜、ミサンガを三本完成させるまで頑張った結果、寝るのが二時になってしまった。

睡眠時間を大切にする俺がミサンガ作りに没頭していたなんてことを寺川に話したら、いよいよ宇宙人だと本気で疑われてしまうかもしれない。

「おっす」

学校に着き下駄箱で寺川に会った俺は、鉛《なまり》のように重く感じるまぶたを無理やり開いて声をかけた。

「おはよ。昨日買い出し行ったんだろ?」

「行ったよ。ほら、これ」

刺繍糸が入っている袋を突き出すと、寺川は興味ありげに袋をのぞき込んだ。

「へ〜。あの涼太が文化祭の買い出しに行くなんてな〜」

「どういう意味だよ」

「別に」

若干唇をとがらせながら俺の前をそそくさと歩いて教室に向かった寺川。言わんとしていることは分かる。眉間にしっかりと寄せたしわに『らしくない』と書いてあったから。

教室に入る前、俺は乱れた自分の髪に手ぐしを一度通した。髪型なんてどうでもいいはずだった。少し整えたところでなにも変わらないのに、おかしいよな。

眠い目を擦りながら席に着くと、七瀬が登校してきた。目覚めのスイッチが押されたかのように、ぼんやりとしていた頭の中が一気にクリアになる。

いつも通り誰にも声をかけず席に着こうとした七瀬が、一瞬だけ俺のほうに視線を向けてきた。

思わず声を出しそうになったけど、俺は口を開けたまま自分の胸に拳を当てた。

今、絶対に俺を見てくれた。一瞬だけど、目が合った。これは……ほんの数ミリ程度だとしても、七瀬の心の中に俺という存在がいると思っていいのだろうか。それとも、自意識過剰？　どちらにせよ、今日は気分のいい朝だ。

なにかいいことが起こるような予感さえした。


期待を抱きつつ四時間の授業が過ぎていったけど、もちろんいいことなんて起こらなかった。いつもより眠気を我慢するのがつらかったくらいで、授業中も休み時間もなんら変化はない。

教科書を片付けてカバンを机の上に置いた。今日も天気がよく、ひなたぼっこでもしたら気持ちいいだろうな。

「なー、ふたり共一緒に中庭行かないか？」

カバンから弁当を出そうとした時、結城が俺と寺川の席に近づいてきて言った。

「中庭で昼食べて、そのあとみんなで刺繍糸分けようぜ。ほら、放課後だと俺は部活だしさ～」

そういうことか。俺はいいけど、寺川は結城のことが苦手だからな……。そう思いながら前にいる寺川を見ると、一度出した弁当箱をカバンに入れて立ち上がったので、俺は『行くんかい！』と心の中で寺川に突っ込んだ。

よく見ると、俺たちミサンガ班だけではなく、教室にはアクセサリー班とマスコット班がそれぞれ机をくっつけて弁当を食べる準備をしていた。他の班もどこか別の場所で集まっているのかもしれない。

そういう光景を見ると、俺たちも含めてクラスのみんなが文化祭に向けて動き出しているのが分かる。

俺もカバンと刺繍糸の入った袋を持ち、七瀬のほうに視線を向けた。大野に話しかけられていた七瀬が、しばらくして席を立つ。中庭で一緒に食べようと大野が誘ったのだろうけど、もしかしたら断ってしまうのではないかと思ったので安心した。

大野のうしろをうつむきながらついてくる七瀬を見ていると、嬉しい気持ちに心をくすぐられ、自然と口角が上がってしまう。七瀬がクラスメイトの誘いを断らなかったということが、なにより嬉しいからだ。

「場所なくなっちゃうかもしれないから、急ぐぞー」

結城の後に続き、みんなで中庭に向かった。

やはり中庭は人気で、今日もたくさんの生徒であふれている。結城が先に芝生まで走っていき、誰かと話をしたあとこちらに向かって手招きをしたので、俺たちも結城のもとへ駆け寄る。

「ちょっとスペース空けてもらったから、ここで食べよう」

結城は近くにいた女子に笑顔で頭を下げた。

この女子グループに場所を少しずれてもらうように頼んだのだろう。俺だったら絶対にできない行為だし、なんとか勇気を出してお願いしたとしても譲ってくれるかどうか……。イケメンは得だなと改めて感じる。

「とりあえず食べながら話そうか」

俺の正面には結城、右に寺川で左に大野、そして七瀬は大野と結城の間に入り五人で輪になって座った。

「涼太と七瀬、昨日買い出しありがとな」

パンをかじりながら結城が言ったので、俺は「おう」と軽く答える。

結城以外はみんな弁当で、それぞれが無言で目の前にあるお昼ご飯を食べている。

周りは騒々しいけど、俺たちの輪に会話はない。

よく考えたら、本当に不思議な組み合わせだ。クラスの中心人物イケメン・結城と、学年一の秀才・大野、それから孤高の美少女・七瀬、そこにエキストラタイプの俺と寺川。このバラバラな五人がそろってお昼ご飯を食べている姿は、周りの目にはどう映っているのだろうか。

居心地が悪いわけではないけど、こうもタイプの違う人間が集まるとなにを話せばいいのか分からず、なかなか口を開くことができない。

「つーか、ポスターも作らなきゃだよな～」

そんな中、先頭を切ってしゃべり出すのはやはり結城だ。

ポスターは、クラスの宣伝用に校内に貼るための物だ。俺も一応、文化祭をまとめる役割を担ってしまったから、ミサンガを編む以外にも考えなければいけないことがある。

七瀬も見ているし、ここは俺が張り切って『やる！』と言いたいところだけど、絵は苦手だし字も下手だから張り切ったところで赤恥をかくだけだ。

「大野って字がめっちゃうまいじゃん。ポスターどう？」

「私？　そりゃ書道やってるから自信あるけど、絵は正直、絶望的に下手なの」

結城に打診された大野は、綺麗に背筋を伸ばしたまま首を振った。

「そっか～。俺は最高に絵がうまいって自負してんだけどさ、みんなが俺の絵の才能に気づいてくれないんだよな～。でもここは結城要画伯が描くしかないな！」

すぐに前に出たがる結城のことを、以前ならただの目立ちたがり屋だと思うだけだっただろう。でもよく考えてみたら、目立ちたいという意思だけでは難しい話だ。だって、実際本当にやらなければいけないのだから、労力も相当使うことになる。

もしかしたら結城の行動は、誰もやりたがらない空気を読んでいるからこそできることなのかもしれない。

「あのさ、七瀬さんて、確か絵うまかったよね？」

大野の言葉に、全員が七瀬に視線を向ける。もちろん俺もだ。

「私は……」

「私と七瀬さん、同じ中学だったの。二年の時に同じクラスで、美術の時間に書いた絵がすごくうまかったのを思い出して」

困ったようにうつむく七瀬の横で、大野が言った。まともに話したことがないのだから知らないのは当然だけど、ふたりが同じ中学だったという事実に驚いた。

「宣伝文句とかは私が書くから、七瀬さんポスターの絵描けないかな？　もちろん無理強いはしないけど、一緒にどう？」

とても穏やかな口調で問いかける大野。箸を持つ手を止めてお弁当を膝の上に置いた七瀬は、うつむいて唇を噛んだ。

今までの七瀬ならきっと断っていたかもしれない。でも今の七瀬なら、受けてくれるような気がした。

文化祭を楽しみたいと思っているからこそクラスメイトの誘いを断らずに、こうしてみんなと一緒に昼休みを過ごしているのではないかと感じたから。

俺が一歩踏み出したのと同様に、七瀬もきっと少しずつ踏み出そうとしているのではないか。俺は勝手にそう解釈している。

「あのさ、あの俺、七瀬が描いた絵、見てみたいな〜。なんて思ったりして……」

鼻をかきながら伏し目がちに言ったあと、俺は視線を七瀬に向けた。騒然としている中庭で、俺たちの間だけに一瞬の間が生まれる。

「うまく描けるか不安だけど、藤棚の絵なら……描いてみたい」

七瀬が小さな声で言葉を漏らした瞬間、緑色の芝生に綺麗な花がパッと咲いたように感じた。

「あ、うん。そう、あの……あっ！」

七瀬が描くと決断してくれたことが嬉しくて、嬉しさのあまりこの喜びをどう伝えたらいいのか分からず焦った結果、持っていたおにぎりをぽろっと芝生の上に落としてしまった。

「うまいとかうまくないとか、そんなの気にすんなよ。本当に助かるし、マジでありがとー！」

俺がおにぎりを拾っている間に、結城が七瀬に向かって親指を突き立ててそう言った。隣にいる寺川は、俺を見て肩を揺らしながらクスクスと笑っている。

こういうところでかっこよく決められないのが俺なのだから、仕方ないだろ。結城のように軽い口調ながらも大事な場面でビシッと的確な言葉を出せるようになるには、ほど遠い。

「七瀬さんありがとう。正直、七瀬さんに描いてもらえたら嬉しいなって思ってたから」

大野が優しく微笑みながら感謝の気持ちを伝えると、七瀬は大野のほうを向き、恥ずかしそうに口角を少し上げた。

そんな七瀬の顔を見ているだけで、全身に幸福感が流れてくる。俺に笑顔を見せてくれた時よりも、いっそう嬉しいかもしれない。

七瀬がクラスの女子と微笑み合っているだけなのに、その光景が切り取られた一枚の絵のように綺麗だと思えた。

「全部を七瀬さんにお願いするのは悪いから、七瀬さんには藤棚の絵を二枚書いてもらって、あと三枚は男子がそれぞれ好きなように描いて。文字は全部私が入れるから」

大野のテキパキとした仕切りでポスターの件が無事まとまった。

止まっていたお昼ご飯に再び手をつけ、それから二十分後に全員が食べ終わった。

「どうやって分ける？」

俺は袋から出した刺繍糸を輪の真ん中にドサッと置いた。

「ひとり百本作るとなると多分これだけじゃ足りないから、糸はあとでまた買い足すとして。とりあえず今ある分は均等に分けるか」

結城が言った。

百本という数字は、正直未知の世界。俺は一本編むのに四十分はかかる。一日五時間編み続けたとして、百本作るには……。とにかく、あと二週間という期間でノルマをこなせるのか微妙なところだ。

「百本もできんのかね。俺、塾ある日はあんまり時間ないし」

寺川が独り言のようにつぶやいた。確かに、大野も寺川も塾に通っているし、結城にいたっては毎日部活が忙しいから余計に大変だろう。七瀬もなにか習い事をしているかもしれない。きっと俺が一番暇だ。

「あのさ、多分だけど、俺が一番時間あると思うんだよね。習い事も部活もやってないし。だからみんなは無理しないで、その分俺がなんとか頑張ってみるから」

誰かのために努力するなんて無縁だった俺が唐突にそんなことを言うもんだから、

みんな面食らったように目を白黒させている。俺自身でさえ驚いているのだから当然だ。

でも今は、恥ずかしいとか俺らしくないとか俺には無理だとか、そんな言い訳は必要ない。

「ありがとう……」

最初にそう言ってくれたのは、七瀬だった。続いて結城と大野が「ありがとな」「助かる」と俺に伝えてきた。感謝されるようなことは高校生になってから一度もなかったけど、思ったよりも嬉しいものだ。

「お前が張りきるのはいいけどさ、ちゃんと作れるのかよ?」

高まった俺の気持ちに寺川が水を差した。

「ちゃんとっていうか、慣れるまでは時間かかるかもしれないけど多分大丈夫だよ。俺、暇だし」

「多分って、無責任だろ。もしできなかったらどうすんだ?」

なんでこんなにも突っかかってくるのか分からないが、寺川はあぐらをかいている足を小刻みに揺らしながら眉をひそめている。

「できるできないは置いといて、涼太の発言は俺たちのことを思って出た言葉なんだから俺は嬉しかったけどな」

「嬉しいとかじゃなくて、資金を集めるために考えた企画だろ？　物が足りなかったら売りたくても売れないし、お金だって入ってこないじゃん。そしたら藤棚復活以前の問題だろ？」

寺川が不満を口にすることはこれまで多々あったけど、いつもは俺に聞こえる程度の声でブツブツと文句を言うだけだった。そんな寺川が、今まで聞いたことのないような威勢のいい声を出して反論している。

しかも相手は結城。『あいつとは関わりたくない、生きてる世界が違う』なんてよくつぶやいていた寺川が、いったいどうしたというんだ。

でもよく考えてみたら、俺だって少し前までは同じだった。イケメンでチャラくて、クラスの中心で毎日楽しく生きているようなヤツとなんて絶対に仲よくなれないと思っていた。けれどそれは、結城に対するただの嫉妬だ。文化祭のことがキッカケで結城と話すようになった今、俺の中の嫉妬が少しずつ消えていっているのが分かる。

もしかしたら、こうして寺川が結城と向き合っているということは、ある意味寺川も一歩前に進もうとしているのかもしれない。なんに対しても真剣にならなかった俺が一歩踏み出したように。

「あー、あのさ」

そろっと手を挙げた俺は、不機嫌そうに足を揺らす寺川をチラッと見ながら、口を開いた。

「確かに本当にみんな以上の数を作れるかどうかは分かんないけど、不器用なりに精一杯やってみるよ」

「自分のやれる範囲で頑張るっていうことが大事だから、私もそれでいいと思う」

大野はそう言ってくれたが、寺川は黙り込んだままだ。

「あ、でさ、俺が言うのもなんだけど、一番大事なのは数より気持ちなんじゃないかな？　適当に数をたくさんこなしても意味がないっていうか、ちゃんとひとつひとつ思いを込めて作ったほうが藤棚が復活した時の喜びも違ってくるだろうし」

顔を上げると、七瀬の視線がまっすぐ俺に向かって伸びていた。

「俺たちが作ったミサンガが、買った人の大切な思い出に変わってくれたら嬉しいなーって」

七瀬の頭の中から大切な記憶がひとつ失くなってしまうとしても、誰かのために大切な記憶を作ってやることだってできる。ただ記憶が消えるのを待つんじゃなくて、新たに大切な記憶も生まれるんだってことを、七瀬自身に経験してほしいと思った。

「マジで、涼太って時々すげーいいこと言うよな！　よし、んじゃそういうことで、晴輝いいよな？」

結城の言葉に、寺川は首をかしげたまま小さくうなずいた。その口はまだ若干とがっている。

「時間ないし、刺繍糸分けよう」

大野が刺繍糸を配り、それぞれカバンの中に入れた。

「そうだ、連絡先交換してなかったじゃん」

あと数分で昼休みが終わるというところで、結城がズボンのポケットから携帯を出した。

「毎回こうやって集まれるわけじゃないし、聞きたいこととかあった時のために、ＬＩＮＥ交換しようぜ～」

俺と大野がカバンから携帯を出すと、七瀬も同じようにカバンから携帯を取り出した。七瀬の連絡先を登録しているのはクラスで俺だけだと思っていたので、ちょっとだけ、本当にちょっとだけ残念な気持ちになる。

全員が出したので観念したのか、寺川も口をとがらせたまましぶしぶ携帯を出した。

俺と寺川はもともと友達だけど、文化祭というものがなければ連絡先を交換することは、もしかしたら一生なかったかもしれない。そう考えると、本当に不思議だ。

その日の放課後、教室には装飾班とアクセサリー班とマスコット班が数人。木材班は美術室で、手芸班は家庭科室で作業をしているらしい。

ミサンガ班はというと、結城は部活で大野は塾なので、今日は俺と寺川と七瀬が残っている。ミサンガはひとりで作る物なので学校で作業する必要はないのだが、誰かがいたほうがやる気が出るから学校でやりたいとふたりに提案したのは俺だ。

少しでも多くの時間を七瀬と一緒にいたいから、とはさすがに言えない。

俺と寺川は自分の席に、七瀬は空いていた俺の隣の席に座った。机の手前にテープで刺繍糸を貼りつけてふたり共黙々と編んでいるので、会話はない。話しかけたいけどできない空気の中、俺もひたすらミサンガを編み続けた。

時々隣を見て七瀬の様子をうかがったのだが、編むスピードが俺の倍くらい早い。俺が一本編む間に七瀬は三本も編み終わっていた。こういうのはやっぱり女子のほうが得意なのだろうな。

寺川はどうだろうと思い、腰を少しだけ浮かせて前をのぞき込むと、ちょうど一本終わったのか貼りつけていたテープを剥がしている。机の上には二本のミサンガが置いてあった。

やっぱり俺が一番不器用なのか。昼休みに張り切ってあんな発言をしてしまったのだから、もっと頑張らなければいけないな。

「あー、疲れた」

寺川が両腕を上に伸ばし、首を軽く回した。視線はどうしても下に向けないといけないし、想像以上に集中力を要するからか首がけっこう痛くなる。

寺川が手を休めたタイミングで、俺も置いてあったペットボトルのジュースをひと口飲んだ。ふと横を見ると、七瀬も手を止めていた。

話しかけるなら今しかない。

「な、七瀬は習い事とかあるの？」

俺が聞くと、七瀬が顔をこちらに向けて首を横に振った。

「そっか。あの、放課後残るのとか無理な時は遠慮なく言ってね」

すると七瀬は一瞬視線を下げたあと、再びミサンガを手に取って口を開く。

「大丈夫。家に帰るより、学校に残ってるほうがいいから」

一瞬、俺の頭の中にクエスチョンマークが浮かんだ。

「つーか、なんかみんな青春してるな」

だがそれをかき消すかのように、少し大きめな寺川の声が聞こえてきた。誰に向けた言葉なのか分からないけど、頬杖をつきながら教室内に視線を向けている寺川。

「どういう意味だ？」

俺が聞くと、「別に」と素っ気なく返事をした寺川。今日の寺川は、やはりおかしい。

昼休みもそうだけど、一日中ずっと機嫌が悪かったし、話しかけてもまともに返してくれなかった。いつもは自分からどうでもいい話もしてくるのに、今日はそれがいっさいない。

「随分機嫌悪いみたいだけど、なんかあったのか？」

もしかしたらなにか怒らせてしまったのかもしれないと気になったので聞いてみた。

それでも寺川は「別にー」と言って、今度は窓の外に視線を移した。

「別にじゃないだろ。だったらなんでそんな態度なんだよ」

俺が気に障る言動をしたとしても、理由が分からなければ謝ることだってできないじゃないか。こんなふうにはぐらかされるのが一番困る。

そんな俺たちの空気を察したのか、七瀬は手を止めて寺川を見ている。

「せっかくみんなで文化祭を楽しもうと頑張ってるのに、そうやってムスッとしてたらつまんないだろ」

すると寺川は両足をイスの右側に出し、七瀬のほうに体を向けた。

「俺って、必要か？」

不機嫌というよりも、沈んだような冴えない表情でため息をついた寺川。

「なーんかさ、みんな青春って感じで楽しそうに文化祭の準備してるから、俺ひとりなにもしなくたって問題なさそうだなーと思って」

結城たちに対して嫉妬心を剥き出しにして話す時の、いつもの寺川の口調だった。

もしかして寺川は、結城が本当に嫌いなのか？　だからクラスをまとめる役割に寺川を巻き込んだ俺のことも怒っているとか。

「あのさ、よく分かんないけど、寺川がいなかったら困るだろ」

「なんで？　俺がひとり抜けたら、その分多くミサンガを作らなきゃいけないからか？　だけど数よりも思いを込めて作るほうが大事なんだろ？　だったらいいじゃん」

どうも言葉にトゲがある気がする。確かにそうだけど、だからといって寺川が文化祭に参加しない理由にはならない。

「そういうことじゃなくてさ、みんなで頑張って作り上げるからこそ文化祭も盛り上がるわけだし」

「なんだそれ。ついこの前まで文化祭なんて面倒くさいって愚痴ってたヤツが」

「うっ……」

寺川の言う通りなので、反論できない。七瀬の病気のことを知らないままだったら、俺はこんなにも文化祭に力を入れることはなかった。七瀬を助けたいと思わなければ、思い出に残るように……なんて言葉は絶対に俺の口から出なかったはずだから。

「俺が作らなくたって、他の四人が心を込めてミサンガ作ればいいじゃん」

投げやりな態度の寺川を見ていた七瀬が、机に手をついて立ち上がった。

「なにそれ……」

七瀬の容姿からは想像がつかないくらいの低い声が、俺の耳に届いた。

「自分ひとりなにもしなくたって問題ない？　他の四人が作ればいい？」

心を射抜くのではないかと錯覚してしまうほどの鋭い眼光を、寺川に向けている。

「なんで？　どうしてそんなふうに思うの？」

「あ、いや……だって俺は、涼太みたいに急にやる気出せって言われても無理だし、涼太みたいに突然性格を変えることなんてできないから……」

七瀬の気迫に驚いたのか、寺川の声が徐々に小さくなっていく。

「涼太涼太って、つまり寺川くんは塚本くんに嫉妬してるってこと？」

今、七瀬が『涼太』って……いや、そうじゃなくて、寺川が俺に嫉妬？

「確かに塚本くんは今まで全然目立たなかったし、クラスの中でも私みたいに影が薄くて、どこにでもいる普通の男子かもしれない」

そんなにハッキリ言葉にされると、さすがの俺でもちょっと落ち込むな。

「でも、そんな塚本くんがやる気を出したらダメなの？」

「別に……それは……」

「塚本くんがどんな性格なのかまだよく分からないけど、文化祭を楽しくしようと頑張ってるだけで性格が変わったことになるのかな？」

寺川は黙ったまま視線を床に落とした。

ふたりの間に入るべきか迷ったけど、意外すぎる展開に終始言葉を失っていた。

「自分だけ変われないんじゃないか、みんなの輪の中に入っていけないんじゃないかって、寺川くんはそう感じているんじゃない？　だから、塚本くんを見てると不安になる」

寺川が顔を上げると、七瀬が言葉を続けた。

「私もそうだから。今さら文化祭を楽しむなんて、できっこないと思ってた。でもね、時々塚本くんの言葉がそういう私の気持ちを突き刺してくるっていうか……。多分塚本くんはそんなつもりないんだろうけど」

チラッと七瀬に視線を向けられて、俺の心臓が大きく跳ね上がる。俺はいつだって、七瀬の心に届いてほしいという願いを込めてしゃべっていたんだ。

「だから私も、私にやれることをやってみようって決心したの。こんな私が作った物でも買ってくれた人が喜んでくれるなら、その人の記憶に残るならって」

気づけば、教室に残っている他のクラスメイトがみんな俺たちのほうを見ていた。俺たちではなく、七瀬だろう。面白いくらいにみんな口を半開きにしたまま、目を見開いている。

今までずっとひとりでいて誰とも親しくなろうとしなかった七瀬が、こんなふうに感情を出している姿を目の当たりにしたら、誰だって驚くよな。

「だから寺川くんも、自分はいなくてもいいとかそんなふうに思ってほしくない。だって、寺川くんが作ったミサンガが誰かの大切な思い出になるかもしれないでしょ？もし寺川くんが作らなかったら、その子は思い出をひとつ作れないことになる」

そこまで言うと、周りの視線に気づいた七瀬が耳を真っ赤に染めてイスに腰を下ろした。そして長い髪の毛で周りの視線を遮るかのようにうつむく。

「その通りだな。寺川、どうする？」

俺が寺川の腕に拳を当てると、寺川は「やるよ……」とひとことだけ言って前を向いた。

とりあえず一件落着だと安堵《あんど》し再び刺繍糸を手に持つと、七瀬がゆっくり立ち上がった。

「ごめん。私、先に帰るね。続きは家でやるから」

「え、あっ――」

俺がなにか声をかける前に、七瀬はカバンを持って足早に教室を出ていってしまった。帰り際に見せた七瀬は頬を薄っすら赤く染めたまま、はにかんでいた。

急に恥ずかしくなってしまったのかもしれないけど、そのかわいすぎる表情に、俺の心臓はしばらく治まりそうにない。

深呼吸をしてミサンガに取りかかろうとした時、寺川が振り返った。

「七瀬って、本当はすごいしゃべるんだな」

「え、あぁ、そうだな」

「すごいしゃべるどころか、けっこうハッキリしているし」

「うん」

俺はミサンガを編みながら、寺川の言葉にうなずいた。

「美人で物静かなのもいいけど、ああやってちゃんとしゃべってるほうがずっといいのに。なんで今までそうしなかったんだろうな?」

「あ〜、まぁ、そうだな」

「正直女子にあんなふうにズバズバ言われたの初めてだから、ちょっとドキッとしちゃったし」

集中できない。次はどこを編むのか分からなくなってきた。というかまさか、七瀬の意外な一面を知って寺川は……。

「いやでもさ、なんていうか、ハッキリしすぎるのもどうかね? 俺なんてどこにでもいる普通の男子とか言われたし、もっと柔らかい言葉のほうが……だからその、七瀬はその……」

「なるほどな〜」

眼鏡の奥の目を細め、怪しげな笑みを唇に浮かべている寺川。正直、気色悪い。

「もしかしてさ、涼太が宇宙人に人格を乗っ取られたのって、七瀬のせい？」

「えっ⁉」

不意を突かれて声が出ない。心臓が動揺を隠せないまま下手になにか口走ってしまったら、逆に怪しまれる。

「な、なんだそれ」

俺は平静を装ったままミサンガを編む。

どうしてだ？　俺は七瀬が気になるなんてひとことも漏らしてないし、七瀬という名前も出したことがない。それなのに、どうして寺川にバレたんだ……。

「そろそろ教えろよ」

「だから、なにがだよ。わけ分かんねぇよ」

ヤバい、動揺しすぎてミサンガがうまく編めない。

「文化祭をまとめるメンバーを引き受けてくれたら、どうして宇宙人に乗っ取られたか教えるって言ったよな？」

そうだった。あの時は咄嗟《とっさ》だったけど、まさか寺川が覚えていたなんて。俺でさえすっかり忘れていたというのに。

教えるにしても、七瀬の病気のことは絶対に伏せなければいけない。それが七瀬の希望だし、このまま俺も知らないふりをするつもりだから。

だったら俺の七瀬への気持ちを寺川に話すか？　いや、でも釣り合わなすぎて無謀な恋だと笑われるのがオチだ。

なんとかごまかせないかと考えたけど……なにも浮かばない。

「あーっと、それはその……」

「別に、言いたくなければいいけどな」

前を向いた寺川の背中を見ていると、なんだか申し訳ない気持ちになる。文化祭で結城たちと一緒に過ごす前までは、俺を友達だと認識してくれていたのは多分寺川だけだった。俺だってそうだ。友達だと自信を持って誰かに紹介できる相手は寺川だけだった。

だから、俺がどうして急に文化祭にやる気を出すようになったのか、変わろうと思ったのか、友達が疑問に思っているならちゃんと話すべきだ。

ミサンガから手を離した俺は、寺川の肩を叩いた。振り返ったところで口を開く。

「お前の想像通りだよ。いつもひとりでいる七瀬を楽しませてあげたいなって……。でも、それだけじゃなくて、実は知り合いが病気になっちゃったんだ。その知り合いを見てたら、いろんなことから逃げて適当に生きるのはダメなんじゃないかって気づいて。それでまずは文化祭を一生懸命やってみようかなって。宇宙人侵略の真相は、そういうこと」

言い切ったあと、俺はまたミサンガを編み始める。

「へー、そっか。頑張れよ」

なにか突っ込むわけでもなく、寺川はそう返事をして前を向いた。どうでもいいことにはケチをつけたりからかったりするのに、俺の真剣な気持ちが伝わったのかもしれない。

「なーなー、そういえば寺川って、俺に嫉妬してんの？」

「は？　バカか。んなわけないだろ！」

勢いよく振り返った寺川。さっきの七瀬よりもはるかに顔を真っ赤にさせている。茹《ゆ》でだこみたいだ。

「照れんなって」

「照れてねぇし、ふざけてないでさっさと編めよ！　時間ないんだから」

さっきは『俺なんていなくても』と拗《す》ねていたはずのヤツが、時間がないなんて言っちゃってるし。

やっぱり寺川は、けっこういいヤツだ。

結局十八時半まで寺川と一緒に学校に残り、家に着いたのは十九時過ぎ。既に夕飯の準備はできていた。

ご飯を食べて部屋に戻ると、みんなで分けた刺繍糸をカバンから取り出す。それをビニール袋に移し替えたあと、いったんリビングへ下りた。

「あのさー、テーブルってない？」

洗い物をしている母親に声をかけて、リビングを見回した。テレビ台や棚の周辺、L字型の茶色いソファーのうしろ、目に見えるところにはないようだ。

「テーブルって、小さいのでいいの？」

エプロンで手を拭きながらキッチンから出てきた母親は、そのままリビングの隣にある和室に向かった。

「押し入れのどこかにあると思うから、探してみて」

押し入れを開けながら母親が言った。押し入れは上下二段に分かれていて、上の段には布団類がギューギューに詰まっている。ということは、下の段か。しゃがんで下の段を見てみると、なんだか物がたくさんある。

右側には収納ボックスが積み重ねてあって、左側にはなにが入っているのか分からない段ボールや夏に使っていた扇風機なんかもある。

とりあえず、大きな物を順番に外に出す。面倒だなと思いつつ、俺は手を動かし続けた。そしてふたつ目のやたらと重い段ボールをどかしたうしろに、折り畳み式のテーブルを見つけた。

テーブルを出したあと、すべて元通りに戻して押し入れを閉めた。こんなことをしてまでテーブルを手に入れたかった理由は、できるだけリラックスできる姿勢でミサンガを編むためだ。

テーブルを持って二階に上がり、自分の部屋のベッドの前に置いた。小さいテーブルの上に携帯と刺繍糸をのせ、ベッドの横にはクッション、それを背もたれ代わりにして座る。勉強机だと腰もお尻も痛くなるけど、これなら足を伸ばせるし思いきり寄りかかれるから背中も楽だ。

いい感じにセッティングできたので、ミサンガを作り始めようと糸をつかんだ途端、携帯が鳴った。見ると、結城が【ミサンガ班】というトークグループを作っていた。

【早速だけど、なんかいいサイトあった？】

結城からのメッセージを受け、俺は七瀬にも教えたサイトのＵＲＬを送信した。

【俺的にはここが一番分かりやすかったかな。動画もあって、一般的なデザインの他にもいろんな模様があるし】

すると結城は速攻で【ありがとう】のスタンプを送ってきた。

【そういえば、こんなのもあるぞ】

ついでに色の意味について詳しく書かれているサイトも教えた。

【糸の色によって意味があるらしい。女子ってこういうの好きそうだから、売る時に色の意味も書いておいたらよさそうかなって。恋愛だったらピンクベースにして、健康だったら緑と黒を組み合わせて編んでもいいかも】

【それいい！　ナイスアイデア！】

すぐに結城が返信をしてきたが、どうやって打っているのか疑問に思うくらい早い。きっと彼女とかにもマメなのだろうなと感心しながら携帯を置こうとした時、既読が【二】に変わった。七瀬が読んだかもしれないと想像するだけで嬉しくなる。

いつ七瀬からメッセージが来るのか携帯を気にしつつもミサンガ作りを続けていると、大野は変な動きをするオジサンキャラのスタンプを、しばらくして寺川も【ＯＫ】とスタンプを送ってきた。既読は【四】になっているものの、七瀬からのメッセージはないままだ。

少しずつ編むペースが速くなってきていて、一時間でなんとか三本編むことができた。この調子でもっとスピードが上がっていけばいいのだけど、もちろん心を込めることも忘れてはいけない。

誰かがこのミサンガを買ってくれることで、藤棚復活、そして七瀬の笑顔につながっていくんだ。そう思いながらすばやく編んでいると、再びスマホが鳴った。

【こういうのも編んでみました】

七瀬からだった。メッセージのあとに送られてきた写真には、テーブルの上に置いてある一本のミサンガ。白とピンクでできていて、なんとハートの模様になっていた。

「すげー」

静かな部屋の中で思わず独り言をつぶやくと、続けて七瀬からのメッセージが届く。

【いろんな形があるから、飽きずに編めてすごく楽しい】

七瀬から『楽しい』という言葉が出ただけで、小さな光が明日につながっていくような、そんな気持ちになれた。

文化祭が七瀬にとって特別なものになるように『楽しませたい』なんて大口を叩いたものの、実際にできているのか分からなかった。というか、多分俺はなにもしていない。ただ文化祭を成功させたくて、必死になっていただけだ。

それでも七瀬が楽しいと少しでも思ってくれているのなら、七瀬にとって文化祭が一番大切な記憶になる可能性もじゅうぶんにある。一時《いっとき》だけでいいから、文化祭が家族旅行の思い出を上回ってほしい。そうすれば、七瀬の一番大切にしたい記憶を守れる。

【すごいな！　七瀬が作ったミサンガは速攻で売り切れそう。俺はまだ普通の編み方しかできないけど、慣れてきたら他の模様にもチャレンジしてみる】

そう送ったあと、俺は必死にミサンガを編み続ける。

お風呂に入るのを忘れていたことに気づいたのは、深夜一時を回った時だった。

第三章　君の笑顔

文化祭まであと一週間を切った。どのクラスも放課後は文化祭の準備で大変そうだけど、お祭りムードが漂う学校の中はいつもより活気に満ちている。

中には『文化祭なんて面倒だ』と思っている生徒も少なからずいるだろう。でも俺はそういうヤツに言ってやりたい。『やってみれば、けっこう楽しいぞ』と。

ミサンガはというと、準備を始めてから一週間で目標の半分を少し上回るくらいの数が完成した。手の空いた他の班のクラスメイトが手伝ってくれたのも大きい。班が違っても他の班を助けたりすることでクラスの一体感は少しずつ増し、雰囲気もよくなっていた。

そうやって、今まで俺の辞書に決して載ることのなかった『青春』というものを感じるようになった。

学校が面倒で朝起きる行為が最大の試練だったはずが、学校に行けると思うとすんなり起きられるようになったし、寺川に至ってはなんだかんだと俺よりも多くミサンガを作っている。

けれど、俺の周りに起こった変化はそれだけではなかった。

「じゃーね」

ホームルームが終わり、七瀬の隣の席の女子が立ち上がってそう言うと、七瀬は小さく手を振って「バイバイ」と返した。

文化祭の準備が始まってから、少しずつクラスメイトが七瀬に声をかけるようになっていた。以前なら口をつぐんでうなずくだけだった七瀬も、今はちゃんと声に出して応えている。それは、とても喜ばしい変化だった。

ミサンガ班で集まっている時の七瀬は少しずつ自分の意見を口に出すようになり、その姿を見たクラスメイトの心にもなにかしらの変化が現れてきたのかもしれない。

昨日もたまたま、女子のこんな会話を廊下で聞いた。

『ちょービックリしたんだけど、この前七瀬さんが笑ってるの見たんだ。もしかしたら、今まではなんか笑えないくらい重い悩みでもあったのかもね』

この言葉を聞いた時、俺は天にものぼる気分だった。もちろん俺がなにか頑張ったわけではない。ひとりのほうが楽だと言っていた七瀬自身が一歩踏み出し、文化祭を楽しむために頑張っているからこその変化だ。

悩んでいるという点では今もきっと変わらないのだろうけど、七瀬だってちゃんと笑えるんだということをみんなにも知ってほしかった。

ニヤケそうになる顔を引き締めて机の中を整理したあと、俺と寺川は早速ミサンガ作りの準備を始めた。

「今日は俺も残るから」

結城が俺の隣の席を借りて腰を下ろした。

「部活は？」

「金曜は休みだって言ったじゃん。みんなと一緒にやれるの一週間ぶりだよー。あー寂しかった」

淡々とした様子でカバンからミサンガを取り出している結城。

「全然感情こもってねぇな。棒読みだし」

「そんなことないってー。俺はいつでも涼太と晴輝のことを考えてるぞー」

手を伸ばして頭を撫でてきたので、俺は笑いながら結城の手を振り払った。

「棒読みー。そして気色悪っ！」

携帯で連絡を取ったり学校で準備の進み具合を話したりするだけなのに、別次元にいると思っていた結城とこんなふうに冗談まで交わせるようになった。

「私も、いいかな」

七瀬が自分の席を立って俺たちのところへ来たので、俺は結城の前の席を指差した。

「もちろん。空いてるみたいだから、そこ座って」

結城の前に座り、準備を始めた七瀬。俺は編みかけのミサンガを手に持って、七瀬の長い髪を見つめる。

「つーかさ、さっき職員室に行っちゃったけどあとで大野も来るから、机くっつけてみんなでやろうぜ」

結城がそう言って立ち上がり、自分が座っていた机を俺のほうへ向けた。

「ちょ、ちょっと待って、あと一列だから」

寺川が編み終わるのを待ってから、机を五つくっつけた。中学まではこうやって給食を食べていたので、なんだか懐かしい。

みんなでやるといってもミサンガは自分との勝負なので、それぞれが黙々と手を動かすのみ。俺が作ったのは刺繍糸を六本使った斜め編みばかりだったが、今は初めてV字模様の編み方にチャレンジしている最中で、寺川はダイヤ模様を編んでいた。

イメージだけで寺川を不器用だと決め込んでいたけど、実際はすごく器用なので俺も負けてはいられない。

そう思いながらふと顔を上げると、七瀬が手を止めていた。長い髪が邪魔になったのか、ひとつに束ねている。

その一連の動作に反応して、俺の心臓が音を立てた。髪を結んでいるだけなのに、好きな人がやるとどうしてこんなにドキドキするのだろうか。

あまり見ていると寺川に気づかれそうなので、ミサンガへと視線を下げる。

「あのさー、装飾用の画用紙とか取りに行くから誰か一緒に来て」

声がしたほうを向くと、大野が教室に戻ってきたところだった。

「じゃー俺行くよ」

間髪を入れずに返事をした。できるだけ役に立ちたいと思ったからだ。

「あの、私も行こうか？」

俺が立ち上がったのと同時に、七瀬が腰を少し浮かせて小さく手を挙げた。

「男子がひとりいれば大丈夫だから、ありがとね」

大野にそう言われた七瀬は眉を下げ、ちょっと沈んだ顔でイスに座り直した。七瀬も俺と同じように、みんなの役に立ちたいと思ったのだろうか。

大野と一緒に一階に下りて職員室に行き、担任から段ボールを受け取った。中には画用紙類やペンなどが入っている。

段ボールを俺が持ち職員室を出たところで、大野がその場に立ち止まった。

「どうかした？」

俺が問いかけても、ワックスがかかっていて艶のある廊下をジッと見つめたままの大野。

「腹でも痛いのか？」

顔をのぞくと、キリッとした目を向けられ、一瞬体がのけ反る。

「話したいことがあるんだけど、ちょっと付き合ってくれない？」

「え？」

『どこに？』と聞く間もなく、大野が歩き出した。なんだか深刻そうに眉根を寄せて怒っているように見えるし、ふたりきりになるのが少し怖い。

　大野のあとをついていき中庭に出ると、文化祭の門を製作している生徒が数人いた。大野は石畳の道の途中にある木のベンチに腰かける。

「座って」

　大野が隣を指し、俺は操られているかのようにすばやく腰を下ろす。

なんだろう、すごく怖いな。もちろん大野とも放課後何度か一緒に残ったことはあるけど、そこまで会話は多くない。ミサンガ班の中でも一番距離があるかもしれない。

「塚本くんさ……」

「は、はい」

なにを言われるのかまったく分からない緊張感で、やたら口が渇く。

「どうやって七瀬さんと仲よくなったの？」

「……え？」

　予期していなかった言葉に、瞬きの回数が一気に増える。

「二年になって今までずっと誰にも心を開かなかった七瀬さんと、どうやって仲よくなったのか教えて」

「え、あ……えっと」

　あまりに突然なのでどう説明したらいいのか分からず、視線をさまよわせた。

「最初の買い出しの時に七瀬さんも行けるか聞いたら、すんなり了承してくれたでしょ？」

「あぁ、うん」

「今までの彼女だったらあり得ないと思わない？　しかも一緒に行く相手が塚本くんなのに、ためらう様子はまったくなかったし」

それはどういう意味だと突っ込みたかったが、ここはグッと言葉を飲み込む。

「それ以外にも、教室で塚本くんが話しかけたら普通に答えてたり、今はミサンガ班のメンバーとなら会話もするようになってる。教えて、どうやって仲よくなったの？」

「いや、仲よくなったかどうかは分からないけど……文化祭のことを決める前に、爺ちゃんの法事で行った霊園で偶然七瀬に会ったんだ」

言うべきか迷ったけど、俺を見ている大野の顔が恐ろしく真剣な顔つきだったので、お墓でのことを話した。

「その時に七瀬の泣き顔を見てさ……。俺になにができるわけでもないけど、いつも寂しそうな顔でひとりで座っているから、七瀬が笑えるようにどうにか助けられないかなって」

もちろん、病気のことは大野にも言えない。だけど七瀬を助けたいのは本心だ。

「そういう塚本くんの気持ちが、七瀬さんに伝わったってことなのかな」

大野は膝の上に置いた手を握りしめ、黙ったまましばらくうつむいていた。

「私のこと、うざったかったのかな……」

「え？　どういう意味？」

そういえば大野は、クラスの女子の中で唯一七瀬に声をかける存在だった。朝は『おはよう』、帰りは『またね』と。七瀬の反応はうなずくだけで毎回同じだったけど、それでも大野は挨拶を止めなかった。

委員長だからなのかと思っていたが、今日の大野を見ていたら、なにか違う理由があるような気がした。

「あのさ、大野は……なんで七瀬のことを気にかけてたの？　二年になって最初はみんな話しかけたりしてたけど、そのうち誰も七瀬を気にしなくなったじゃん？　でも大野だけは違ったから」

またしばらく沈黙を続ける大野。あまり自分のことを話したがらないタイプに見えるから、やっぱり聞いたらまずかったのかもしれない。そう思った時、大野が顔を上げた。

「中学が一緒だったって、言ったでしょ？」

「うん」

「中学の頃の七瀬さんは、すごく明るい子だったの。頭もよくて運動もできて、加えてとても優しいみんなの人気者だった」

「七瀬が……？」

　俺を見てコクリとうなずいた大野の表情に、嘘はないと思った。

「中学二年で同じクラスだったんだけどね、私はほら、この通り生真面目で勉強ばっかりしてたからうまくクラスに馴染《なじ》めなくて、特定の女子からイジメられていたの」

　なんと言っていいのか分からず、俺は黙ったまま真剣に大野の話に耳を傾けた。

「でもある日……そのイジメに気づいた七瀬さんが、私をかばってくれて。普通さ、かばったりしたら自分がやられるんじゃないかとか考えるでしょ？　でも七瀬さんはそういうの全然なくて。イジメた人たちを一喝したあと、泥の中に入れられていた私の上履きを黙って洗ってくれた」

　どうしてだろう。今の七瀬とは全然違うはずなのに、俺の頭の中では鮮明にその時の七瀬の様子が浮かんできた。イジメっ子に向かっていく七瀬、ハッキリとした口調で『そんなことするな』と言っている七瀬、汚れた上履きを一生懸命洗っている七瀬の姿が。

「七瀬さんは覚えていないかもしれない。でもすごく嬉しかったんだ。もっと仲よくなりたいって思っていたけど、中学の時の私は今よりもっと暗くてコミュニケーションも苦手だったから、なかなか近づけなくて」

昔のことを思い出すかのように、大野は苦笑いをした。

「ねぇ塚本くん。霊園で七瀬さんに会ったっていうことは、彼女が誰のお墓参りに来ていたかも知ってるの？」

その問いかけに、俺は静かにうなずいた。

「中学二年の夏に彼女の妹さんが事故で亡くなって、それでも中学を卒業するまで彼女はなにも変わらなかった。周りに気を使わせないようにしているのか、むしろ以前よりも明るさが増していた。まるで悲しい気持ちを隠すみたいに」

切なそうな瞳を空に向け、言葉を続ける大野。

「同じ高校に進学するって分かった時は、コミュニケーションがうまくとれるようになる本とか読んだりして、今度こそ絶対に七瀬さんと仲よくなるんだって自分に言い聞かせた。でも一年では違うクラスだったから、なかなか近づけなくて。それで二年で同じクラスになれてやっと友達になれると思ったんだけど……」

俺も一年の時はクラスが違ったから七瀬とは時々廊下ですれ違ったりする程度だったけど、確かにその頃は友達と話している姿を見たことがある。

「二年になった七瀬さんは、まるで別人だった。最初に話しかけた時にすぐ気づいたんだ。目を合わせてくれないし、なにも答えてくれない。私だけじゃなくて、他のクラスメイトにもそうだったから」

大野の話を聞きながら、俺の中でひとつの可能性が浮かんだ。もしかしたら七瀬が単一性忘却症を患ったのは、二年生になった頃なんじゃないかと。

妹さんが亡くなった悲しみを必死に乗り越えようと無理をしていた七瀬に、新たな不幸が降りかかった。そこで七瀬の心の糸がプツリと切れてしまったと考えるのが、一番納得できる。

「私なりに頑張って話そうとしたけど全然ダメで。でも文化祭の準備を始めてから少しずつ変わっていく七瀬さんを見ていて、嬉しいのと同時に、どうしてなんだろうって疑問に思って。だから塚本くんに聞きたかったの」

そういうことだったのか。俺にとっては誰とも話さずひとりでいる七瀬が当たり前だったけど、大野は違った。イジメに立ち向かう七瀬や明るい七瀬を知っているからこそ、今の七瀬の姿がおかしいと感じていたんだ。

「塚本くん、本当に七瀬さんに特別なことはしてないの？」

俺は焦ったように首を大きく振った。

「してないよ、本当に。七瀬と一緒に文化祭を楽しもうって思ってるだけで、特別なことはなにも」

「そう。でもよく考えたら、七瀬さんだけじゃなくて塚本くんも少し変わったよね」

「えっ、俺？」

「うん。藤棚の案を出したのも塚本くんだし、バシッとかっこよく仕切るわけじゃないけど、なんか一生懸命やってるなって伝わる。正直、前はいるのかいないのか分からないくらいで、絶対に前に出るようなタイプじゃなかったのに」

大野から見ても、俺は存在感が薄かったのか。でもクラスメイトに変わってきたと認められることは、素直に嬉しい。

「でもなんか、私じゃダメだったんだって思うと悔しいな」

微笑みながら大野はそう言ったけど、きっと俺だったからというわけではないはずだ。七瀬が一歩踏み出そうと勇気を出したタイミングと俺が話しかけたタイミングが、たまたま合っただけなのだろう。それに……。

「あのさ、別に大野がダメとかそういうことじゃないよ。多分、七瀬の心の中でなにかあったんじゃないかな？　毎日話しかけていた大野の気持ちは、ちゃんと七瀬に伝わってるよ。だって、七瀬はそういう子なんでしょ？」

七瀬はきっと、大野が毎日挨拶をしてくることをうざったいなんて思ったりしない。イジメられていた大野をかばったという話を聞いて、そのことを確信した。

「うん、そうだよね。とにかく文化祭成功させて、七瀬さんが笑って終われるように頑張ろう」

「おう、頑張るよ。といっても、なにを頑張ればいいのか毎日考えてるんだけどね」

「塚本くんのその気持ちがあれば大丈夫だよ」

「気持ち？」

俺が首をかしげると、大野がベンチから立ち上がった。

「塚本くんってあれだね、バカみたいに分かりやすくて単純だよね」

「は？　どういう意味？」

「別に。ほら、早く戻ってミサンガ作らないと」

確かに。俺たちが職員室に行ってから四十分も過ぎてしまっている。そろそろ寺川が「遅せーよ」とブツブツ文句を垂れる頃だ。

大野が俺を置いて先に行ってしまったので、俺も段ボールを持って慌ててあとを追った。

教室に戻ると、残っているのはミサンガ班の三人だけだった。

「遅せーよ。お前らどこほっつき歩いてたんだよ」

予想通り、教室に戻った俺たちを見て一番に寺川が口を開いた。

「ごめん。ちょっとポスターのことで話してたんだ」

七瀬の話をしていたとは言えないので、ごまかした。席に座ると、寺川と七瀬と結城の机の上には編み終わったミサンガがたくさん置いてある。特に七瀬が編んだ数は十本を越えているようだった。どれもカラフルで綺麗だ。

「俺が教室を出た時はまだ作り始めたばっかりだったのに、すごいな」

七瀬に向かって言うと、七瀬は一瞬視線を上げて俺を見たあと「どうも」とつぶやいた。

感情のこもっていない冷ややかな低い声に、ぷくっとわずかに膨らませた頬。かわいいけど、なんだか違和感がある。なにかあったのか？

七瀬を気にしながらも、俺はみんなと一緒にミサンガ作りを再開した。

「ポスターっていえばさ、みんな描いた？」

結城の言葉に俺は一瞬ドキッとする。実はまったく手をつけていないからだ。ポスターなんて描いたことないし絵も下手だから、どこからどう描いていいのか、なにを描けばいいのか分からずポスター用の画用紙は真っ白なまま。

「俺、一応持ってきたんだけど」

結城がカバンから丸めたポスターを出して机の上に広げた。そこにはミサンガ、イス、クマのマスコット人形、ポーチ、ビーズのネックレスが描かれていて、文字を入れるために上のほうは空けてある。

「これクマ？　ブタかと思った」

「どー見てもクマだろー。これが俺の絵心百パーセントの限界だからな」

大野のツッコミに結城が笑いながら言った。確かにブタに見える。でも、心を込めて描いたことだけはじゅうぶんに伝わる絵だった。

「俺も家で描いてるんだけど、売る商品をひととおり描いてるから結城のとちょっと似てるかも。ま、俺のほうが断然うまいけど」

眼鏡を上げながらフッと笑った寺川。

「なにー？　晴輝、今俺の絵を見て笑ったろ？　コノヤロー！」

席を立った結城が寺川のうしろに立ち、寺川の髪をくしゃくしゃに撫で回している。

「やめろバカ！　崩れるだろ！」

「もともと崩れてんだから、俺がもっとイケてる無造作ヘアーにしてやるよ」

笑いながらじゃれ合うふたりを見て、七瀬と大野は互いに目配せをしながら呆《あき》れたように微笑んでいた。

そんな何気ない放課後の光景が俺にはすごく新鮮で、今まで感じたことのない温かさが胸の中に広がってくる。ずっとひとりでいた七瀬も、俺と同じ気持ちでいてくれたら嬉しい。

寺川だってそうだ。嫌いだったはずの結城にちょっかいを出されて、こんなにも楽しそうに笑っているのだから。そんなものなくていいと思っていた青春が、俺にとってとても大切でかけがえのない物に変わり始めていた。

「ちょっといい加減うるさいんだけど。で、塚本くんは描いたの？」

冷静な口調で大野に止められ、結城はしゅんとしながら自分の席に戻る。寺川はブツブツと文句を言いながら、乱れた髪を手で整えていた。

「えっと、俺はなにを描けばいいのか分かんなくて、まだ……」

全然進んでいなくて申し訳ないという思いが、俺の声を小さくさせた。

「私が文字を入れる時間も必要だし、とりあえず週明けの月曜までにはお願い。ギリギリに終わらせるのは好きじゃないから、寺川くんも月曜に必ず持ってきてね」

「あぁ、分かった」

そう返事をして七瀬を見た。そういえば、藤棚の絵を描くことになっている七瀬は進んでいるのだろうか。すると俺の視線に気づいたのか、七瀬が顔を上げた。

「私もまだなんだけど、月曜には持ってくるようにするから」

「うん、分かった。藤棚の絵を描くのは難しいと思うけど、気持ちがこもっていればそれだけでじゅうぶんだからね」

俺たちの時とは随分違う柔らかい声色で大野が言ったけど、うなずいた七瀬の眉が若干下がっている。七瀬も俺と同じように、どう描いたらいいのか迷っているのだろうか……。

それからしばらくの間、隣のクラスから聞こえてくる笑い声をBGMに、みんな無言でミサンガを編み続けた。

時刻は十九時。教室の中を照らしていた茜色《あかねいろ》が徐々に色を失くし、窓の外は薄暗く、教室の電気がやけに明るく感じ始めた頃、俺たちは作業を止めた。

女子ふたりは電車で男三人は自転車だったけど、駅までは全員一緒に歩いて向かった。すっかり暗くなった空の下、落ちてくる木の葉も所々色づき始めていて、昼間よりも風は少し冷たい。

「また来週ね。ポスター頑張ってよ」

大野が俺たちに向かって念を押すと、その横で七瀬はカバンからパスケースを取り出していた。

「分かったよ。ちゃんと描きます。七瀬も、頑張ろうな」

俺がそう言うと、七瀬は軽くうなずいた。ふたりが駅に入っていくのを見届けたあと、男三人はいっせいに自転車を走らせた。

自転車に乗りながらグーグーとお腹を鳴らしていた俺は、家に着いて速攻でご飯を食べて部屋に戻った。

ベッドの前に腕を組んで座り、小さいテーブルの上に置いたポスター用の白い紙を凝視すること三十分。なにも浮かばない。

俺も寺川や結城と同じように全部の商品を描けばいいかと思ったけど、それでは思いつかなかったから真似をしただけのポスターになってしまう。大野が見たら、自分ではなにも浮かばなかったから適当に描いたとあっさりバレてしまいそうな気がした。

首を何度も捻りながら「んー」とうなり、目をつむった。七瀬もまだ描いていないようだけど、大丈夫だろうか。

組んでいた腕を伸ばし、テーブルに置いてある携帯を手に持った。

【ポスターどう？　俺は帰ってからずっと悩んでるんだけど、どんな絵にしたらいいのか浮かばなくて】

ミサンガ班のグループトークではなく、七瀬個人にメッセージを送った。すると七瀬にしては珍しく、すぐに既読がついた。

【香澄ちゃんに相談したら？】

香澄ちゃんと言われて一瞬誰のことだか分からなかったが、大野の名前は香澄だった。中学の頃、七瀬は大野のことを『香澄ちゃん』と呼んでいたのだろう。知らなかった昔の七瀬をほんの少しだけ知ることができて嬉しい。

待てよ、でもなんで大野に？　大野はしっかりしているし、文字入れ担当だからだろうか？

【大野に聞いても自分で考えなさいって怒られそうだからな、笑】

【だけど今日ふたりで長々話してたみたいだし】

すぐに送られてきたメッセージから、頬をぷくっと膨らませていた七瀬の表情を思い出した。

やっぱりなんか、ご機嫌斜めなのだろうか。でも、どうして？　七瀬を怒らせるようなことをした覚えはないし。

俺は腕を組み、瞑想《めいそう》する。

放課後みんなで机をくっつけてミサンガを作り始めた時は、取り立てて変わった様子はなかった。そのあと俺は大野と一緒に職員室に行って、大野と中庭で話をする。で、教室に戻って俺が七瀬に話しかけた時に反応がおかしかった。声のトーンも低くて、怒っているような不機嫌なような。

やっぱり四十分も戻らず、その間ミサンガ作りをしなかったからなのか……。

【あのさ、もしかして、なんか怒ってる？　俺なんかしちゃったかな？】

悩んでいても仕方がないので、思いきってそう聞いてみた。

【別に、怒ってない】

表情は分からないけど、この文字がどうも怒っているように見えるんだよな。でも七瀬がそう言っているんだから、これ以上問いつめてもしょうがないのだろう。

【ポスターなにも浮かばないの？】

続けて七瀬が送ってきたので、俺は【全然ダメ】と返信した。

【私も。下書きだけでもと思って鉛筆を持つんだけど、難しくて。目の前に本物があって、それを見ながら描ければ一番いいんだけどね】

俺たちとは違って、七瀬は藤棚を描くという使命がある。確かに、授業でスケッチなどをする時も目の前に本物があるから描けるわけで……。

ふとあることを思いついた俺は、ちょっとだけためらう気持ちもあったけど、勇気を振りしぼって七瀬にメッセージを送った。

【あのさ、明日って学校休みだけど、なんか予定ある？　もしよければなんだけど、藤棚がある場所に行って、そこで絵を描かない？　俺、いい場所知ってるから】

文化祭のポスターを描くために、本物の藤棚を見せてあげたいと咄嗟に思った。いろいろ複雑な思いや悩みもあるだろうけど、七瀬の好きな藤棚を目の前にして絵を描けばもっと楽しい気持ちになれるし、思い出にも残る気がした。

【藤棚があるの？】

【うん。七瀬が本物を見たほうが描きやすいなら、そうしようよ】

藤棚を見ながら描くにはうってつけの場所がある。過去に一度見たことがあるからだ。

それから十分ほど経過した頃、七瀬からの返信が届いた。

【明日はなにも予定がないから、いいよ】

「マジか……」

断られることを覚悟していた俺はもう一度じっくりとメッセージを読み直し、嬉しさのあまり勢いよくその場に立ち上がろうとして脛《すね》をテーブルにガツンとぶつけた。

「うー、イタタタ……」

ジンジンと痛む脛を押さえながら、ギュッと目をつむる。でも、ぶつけた痛みさえも幸せに感じるのはなぜだろう。いつもならイラついてテーブルに当たっていただろうけど、俺は斜めに動いてしまったテーブルをゆっくりと元の位置に戻した。

痛みが少し治まり冷静になったところで、俺は七瀬に明日の時間と待ち合わせの場所を伝えた。

部屋の中でミサンガを編んでいると、どうしても顔の筋肉がゆるんでしまう。誰も見ていないのだからどんな顔をしていようと問題ない。でも、客観的に見た時に今の自分のニヤケ顔がどれだけ気持ち悪いか分かるので、頬がゆるむたびに俺は両手で自分の顔をパチンと叩いた。

ポスターを描くために七瀬に藤棚を見せてあげるだけで、決してデートなんかじゃない。浮かれるな。そう必死に自分に言い聞かせながら、俺は深夜一時までミサンガを編み続けた。

いつもより念入りに歯磨きをしているのは、別に七瀬とどうこうなるかもしれないと思っているわけでは決してない。ただのエチケットの問題だ。

鏡を凝視しながら歯磨きをし、顔を綺麗に洗う。寝癖ではねた髪にお湯をつけ、ドライヤーで整える。ひととおり終わったところで洗面台の上に視線を向けると、母親が使っているピンクのボトルの化粧水が目に入った。

俺は洗面所から廊下に顔を出し、誰も来ないことを確認する。そして化粧水を手に取り、顔全体にパンパンと叩きつけた。

鏡に顔を近づけるが、特にいつもと変わったところはない。魔法でもない限り、化粧水で顔が変わるなんてことはないのだから、当たり前だ。

女子力高めの男子という言葉を最近はよく耳にするけど、そのたびに俺は『男なのに女子力高めてどうすんだよ』と思っていた。その俺が、まさか化粧水をつける日が来るなんてな。ちょっと浮かれすぎかもしれない。

部屋に戻り着替えを終えると、財布と携帯をポケットに入れて家を出た。

最寄り駅に着いたのは十時。待ち合わせは十時半で、ここから十五分で着いてしまうので少し早かった。でも、準備が終わっているのに家でただジッとしていても気を揉むだけだったので、それなら待ち合わせ場所で待っていたほうがまだいい。

電車に乗り込みドア付近に立った俺は、手すりにつかまる。休日のこの時間、席は埋まっていたが特に混雑しているということもなかった。

こうして外を向いて立っていてもなにも目に入らないのは、窓の外の景色が瞬く間に流れていってしまうからではなく、ただ単に景色を見ている余裕がないからだ。朝はあんなに気合いを入れて準備をしていたのに、待ち合わせの場所に向かっているのだと思うと、緊張で今にも頭のネジが吹っ飛んでしまいそうだった。

第一声は、やっぱり『おはよう』だろう。けれど十時半という時間は、おはようで合っているのか……。挨拶をしたあとは、今日行く場所の説明をする。ダラダラと長くならないよう、簡潔に。歩きながらも、会話が途切れないようにしなければ。

俺は何度も小さく深呼吸をしながら、電車の揺れに合わせてゆっくりと思考を巡らせた。

駅に到着すると、改札を出たところにある柱の前に立った。待ち合わせ時間の十時半までまだあと十分ある。

こうして改札のほうを向いていれば階段を下りてくる七瀬が見えるけど、その時俺は手を振るべきなのだろうか。七瀬も俺に気づいたとして、目が合ったのになにもしないのは変だ。かといって笑顔で手を振ったりして周りから恋人だと思われてしまったら七瀬に悪いし、悩む。

話をする時も、病気のことは絶対なしだから口が裂けても言わないように気をつけよう。

俺はどうして七瀬のこととなると、こんなにも四苦八苦してしまうのだろう。どう振る舞ってどんな会話をしたらいいのか、結城にインカムで指示を出してほしいくらいだ。

ていうか今さらだけど、黒いパーカーにジーパンというのは地味すぎやしないだろうか。もともと服にはあまり興味がないしおしゃれでもないので仕方ないのだが、七瀬にダサいと思われないか不安がよぎる。

複雑な気持ちが胸の中で入り混じる中、階段から人がたくさん下りてきた。時間は十時二十六分。もしかしたら七瀬も来るかもしれない。そう思った途端、心拍数が一気に上昇する。

階段を注視していると、足元を見ながら下りてくる七瀬の姿を見つけた。裾が広めな茶色いパンツに白い長袖のブラウスを着ていて、いつもは下ろしていることが多い髪の毛を今日はうしろに結んでいるようだった。

俺の視線は七瀬だけを追いかけ、動いている周りの人たちがまるで残像のように映る。

階段を一番下まで下りると、七瀬は顔を上げた。俺に気づいたのか、右手をこちらに向かって小さく振る。

一瞬見惚《みほ》れてしまったけど、飛び跳ねまくる心臓を落ち着かせるように息を吸い、スッと右手を上げて手を振り返した。

「お、こんにちは」

『おはよう』か『こんにちは』、最後まで悩んだ挙句、やたら丁寧な『こんにちは』になってしまった。出だしからすんなりいかないところが今後の展開を示唆《しさ》しているようで、不安になる。

「ごめんね、待たせちゃって」

カバンの持ち手を両手で握り、上目遣いで俺を見た七瀬。

「いやいや、全然。さっき着いたばっかりだから」

なんだ、このデートの待ち合わせ定番みたいな会話は。嬉しすぎて、全身から幸せオーラがあふれ出てしまいそうだ。けれど七瀬の病気のことを思うと浮かれてなんていられない。

「じゃー、行こうか」

気を引き締め、目的地へ向けて歩き出す。

綺麗な青空が気持ちのいい秋風を運ぶ今日は予報通りの快晴で、暖かな一日になりそうだ。

「それで場所なんだけどさ、ここから十分くらい歩いたところにある神社なんだ」

「神社？」

「そう。けっこう大きい神社で、お正月なんかは参拝するのに一時間並ぶこともあるらしいよ。俺は人混み苦手だから正月は行ったことないけど」

駅前の赤信号で立ち止まると、俺が七瀬に視線を向けたタイミングで七瀬もこちらを向いた。学校で会っている時よりも断然緊張する。

「神社に藤棚があるの？」

「うん。休憩所みたいな場所で、藤棚の周りを囲うようにベンチがあって、座って眺めることができるんだ」

「へぇー、そんな場所があるなんて知らなかった」

前を見据えながら、期待を膨らませているような弾む声で七瀬が言った。

信号が青に変わり再び歩き出すと、大通り沿いの歩道にはまっすぐ屋根が続いている。そこには食べ物屋が多く連なっていて、老舗の洋食屋からテレビで紹介されたラーメン屋や甘味処《かんみどころ》もある。まだ昼前だけど、見ているだけでお腹が空いてきてしまう。

「あ、次こっち」

三つ目の信号の角にある総菜屋《そうざいや》を右に曲がると、その先に神社の入口が見える。土曜日だからか神社に向かって歩く人が案外たくさんいて、特に年配の人が多い印象だ。

「けっこう人いるんだね」

「そうだね」

こんな時、イケてるヤツならなにも言わずにそっと手をつなぐのかもしれないなと思いながら、最初の鳥居《とりい》をくぐり抜けた。

長くまっすぐ続いている道の先には本堂がある。

「こっちが手洗うところ」

正式な名称は知らないが、入ってすぐ左側に手を洗う場所がある。ひしゃくで水をすくって手にかけると、思ったよりも冷たかった。

「じゃー、行こうか」

本堂までの道の両側にはたくさんの木が立ち並び、所々木漏れ日が差している。緑の中に赤や黄色の葉が混ざり、もう少し経ったら辺り一面秋の色に染まるのだろう。紅葉なんてまったく興味がなかったけど、七瀬とならば見てみたいと思った。

しばらく歩いてふたつ目の鳥居をくぐると、左側に分かれ道がある。

「藤棚はこっち」

指を差し、俺たちは分かれ道を左に入る。すぐに休憩所の広場にたどり着き、その広場の真ん中には……。

「……えっ!?」

思わず素《す》っ頓狂《とんきょう》な声を出し、俺は口を開けたままその場に立ち止まった。

広場の真ん中に大きな藤棚があって、観光客らがこぞって写真を撮っている。以前はそんな光景を目にしたはずなのに、俺の目に映る藤棚は花をまったく咲かせていない。茶色いつるがむき出しになっているだけだった。

どうしよう。せっかく七瀬が時間を割いて来てくれたのに。七瀬に実物を見ながら描いてもらおうと思ったのに。これでは意味がないじゃないか。昨日張り切って『いい場所がある』なんてメッセージを送り、自信満々に連れてきた結果がこれかよ。最悪だ……。

暑くはないのに額にじんわりと汗がにじんでくると、隣から「クスッ」と笑う声が聞こえて視線を向けた。

七瀬は両手を口元に当てながら、肩を小刻みに揺らしている。

えっ、なんで？　藤棚がないことに呆れて笑っているのか？

「あの、七瀬、その……」

「ねぇ塚本くん、今日って何日？」

笑ったからなのか、大きな瞳は潤んでいる。

「え、今日？　えっと……」

俺は慌ててジーンズのポケットから携帯を出し、確認した。

「今日は、九月……二十五日だけど」

肩を落としたまま困惑した声で答えると、七瀬はまたクスクスと笑う。

そうだよな、かっこ悪くて笑えるよな。自分のダメさ加減に落胆する。

「藤の花が咲く季節って、いつだっけ？」

俺の前に立った七瀬が首をかしげて聞いてきた。

「えっと、学校の藤棚は……はっ！　あ、そうか！」

学校にある藤棚は、四月下旬から五月に毎年見頃を迎える。進級後に藤棚の前で写真を撮るのがうちの学校の恒例だったじゃないか。俺自身も二回写真を撮っているのだから、分かっているはずなのに。

今日は九月二十五日、花なんて咲いているわけがない。

なんで俺はそんな単純なことに気づかなかったんだ。だけど今の今まで、開花時期なんてまったく頭になかった。あったのは、本物を見ながら描けたら一番いいと言っていた七瀬を、藤棚が見られる場所まで連れていってあげたい。その気持ちだけだった。

勝手に突っ走って舞い上がって、こんな大失態をおかすなんて……。

「七瀬、ごめん。俺、藤棚を見せてあげたらポスターが描けるんじゃないかと思って、でも結果的に無駄足になっちゃって。ほんと、ごめん」

「どうして謝るの？」

目を伏せて両手を顔の前で合わせた俺は、驚いて視線を上げた。

「だって、せっかく来たのに……」

「知ってたよ」

「え？」

「今の時期は咲いてないってこと、最初から分かってた」

いたずら好きの子供のように、歯を見せてニッと笑った七瀬。

「え、あ、知ってたって、えっ？」

「でもね、嬉しかったから。私のことを考えてくれたっていう、その気持ちが」

七瀬の言葉に、情けない俺の心が大きく震えて今にも泣いてしまいそうだった。

「あ、ありがとう。こんなかっこ悪い失敗した俺に優しい言葉をかけてくれて……。でも、その……今は咲いてないって知ってたなら教えてくれればよかったのに。無駄に歩かせちゃったわけだし」

七瀬に目を向けると、七瀬は首をブンブンと横に振った。

「だって、どうしても行ってみたかったの。二年生になってからは、休日に学校の友達と出かけることなんてなかったから」

体をゆっくりと一回転させながら、緑に囲まれた休憩所を見渡して七瀬が言った。

「途中で塚本くんが開花時期に気づいて中止になったらどうしようって、不安だったんだよ」

はにかみながらうつむいた七瀬は、ひらひらと舞い落ちる葉のように頬をわずかに紅潮させている。

その表情を見ているだけで、大きく高鳴った俺の心臓から湧き水のように〝好き〟の気持ちが次々とあふれてくる。初めて七瀬に恋をしたあの日よりも、今のほうがずっとずっと、俺は七瀬を好きになっていた。

「ちょっと疲れちゃったから、休憩しない？」

七瀬の言葉でハッと我に返った俺は、「うん、そうだね」と言葉を返した。

藤棚の周りを囲うように置いてあるベンチにふたりで腰を下ろす。俺たちの他にも数人のお年寄りが座っているけど、見上げても本当になにもない。つるの間から、綺麗な青空が顔をのぞかせているだけだ。

「塚本くんが前に来たのは、藤棚を見るために？」

「いや、あの時は寺川と飯を食いに行ってて、その帰りにたまたま寄ったら藤棚があって」

男ふたりで綺麗な藤棚を眺めている光景はちょっと微妙だけど、一年で同じクラスになった寺川とはすぐに気が合って、俺から飯に誘ったのを覚えている。たった一年ちょっと前のことなのに、あの時はお互いだいぶよそよそしかったな。

「寺川くんとは一年の時から仲がいいんだね」

「仲いいっていうか、似た者同士っていうか。この神社に来た時もさ、せっかくだからおみくじを引こうってことになって、なにが出たと思う？」

七瀬はベンチに手をつき、空を見上げて足をブラブラさせながら考えている。その仕草がとてつもなくかわいい。

「まさか、凶とか？」

「いや、違うよ。出たのは吉。しかも寺川も吉だったんだ。どっちかが大吉だったり凶だったりしたら多少は盛り上がるのに、そろいもそろって吉が出ちゃってさ。どんだけ平凡なんだよって、逆になんか笑えてきてふたりで爆笑したなー」

思い出しながら話をしている俺を見て、七瀬が微笑んだ。

「塚本くんは仲のいい友達がいていいね」

その言葉を聞いた途端、微笑んでいる七瀬の表情に寂しさが混じって見えた。

「七瀬だって、大野と同じ中学だったんだろ？　ほら、今は一緒にミサンガ作ってるわけだし、これを機に」

するとと七瀬は、地面を見つめて小さく首を振った。

「香澄ちゃんは中学の時から何事にもすごく真面目で、同じ高校に進学したことで仲よくなれればいいなって思ってたけど、でも……」

唇を噛み、言葉を止めた。

「そういえばさ、昨日中庭で香澄ちゃんと話してたよね？　ちょっと休憩して教室から窓の外を眺めたら、ふたりがいたから」

心のスイッチを無理やり切り替えるかのように、七瀬の声は不自然なくらい明るかった。

「あぁ、あれ見られてたんだ。別にサボってたわけじゃないからね。聞きたいことがあったみたいで、ちょっと話してただけで」

「そっか。なんか仲よさそうに話してたからさ。長かったし」

七瀬は唇を若干とがらせながら言った。そういえば、昨日のメッセージにもそんなことが書かれていたな。

俺と大野が話をしていたから、七瀬はちょっと不機嫌だったのか？　どうして？

——えっ？　いや、いやいや、そんなはずない。

頭の中で導き出した答えを、俺はすぐさま否定した。自分という人間をよく考えてみろ。いくらなんでも自惚《うぬぼ》れすぎだ。七瀬は俺と大野の会話が気になって、それはつまり……嫉妬。なんて、そんなわけないだろ。

「塚本くん、どうしたの？」

思わず自分で自分の太ももをパンチすると、七瀬が不審そうに目を細めた。

「あぁ、いや別に、なんでもないんだ。それより、喉渇かない？　確かお茶を売ってる場所があったと思うから、俺買ってくるよ。七瀬は座ってて」

「でも……」

「いいから、待ってて」

少しくらいは男らしいところを見せたい。立ち上がった俺は、本堂へと続く道を急ぎ足で歩いた。確か以前来た時は、この道の途中にある白いテントの中でお茶を配っていた。

なかったらどうしようという不安を抱きながら向かっていると、道の途中の左側に白いテントがあった。長いテーブルが置かれ、青い法被《はっぴ》を着た男の人がポットからお茶を注いでいる。テーブルの前には【抹茶・一杯五十円】と書かれた紙が貼ってある。

「ふたつください。これって、毎日売ってるんですか？」

「土・日・祝日だけ販売しています。今の時期は温かいですが、六月から九月上旬くらいまでは冷たい抹茶なんですよ」

なるほどとうなずいた俺は、深緑色の抹茶が入った白い紙コップをふたつ、両手に受け取った。こぼさないように気をつけながら今来た道を引き返す。

「ごめん、お待たせ。熱いから気をつけて」

座っている七瀬にひとつ差し出し、俺も再びベンチに腰を落とした。

「ありがとう。いただきます」

七瀬が飲み始めたので、俺も抹茶を口に運ぶ。思っていたほど熱々ではなかったけど、普段は飲まない抹茶の味が想像以上に苦く感じた。

七瀬は咲いていない藤棚に視線を向けながら少しずつお茶を飲んでいて、その顔には愁いの色が表れている。

他の人は気づかなくても、七瀬の秘密を知っている俺には分かってしまう。時々見せる微笑の隙間に、とてつもない寂しさと不安の影がひそんでいることが。

「あのさ、前にふたりで買い出しに行った時、ひとりでいたほうが楽だって言ってたじゃん？　あれって、どういう意味なのかなって。言いたくなかったらいいから。全然、ほんと……」

遠慮気味にそう聞くと、七瀬はふーっとひと息ついてから俺に視線を合わせた。

「ひとりでいれば、なにも考えずに済むでしょ？　だから」

七瀬の言葉の意味が、俺には分かるようで分からない。病気のことを考えなければいけないからこそ、学校ではなにも考えたくないという意味なのか。でも、なにかが違う気がする。

「確かにひとりだと楽だって俺も時々思うけど、でも……それって寂しくないの？　余計なお世話かもしれないけど、二年になってから七瀬が今まで自分の感情をいっさい出さなかったのは、もしかして妹さんのことも関係あるのかな？」

人の気持ちにずけずけと入り込んだりしたら嫌われてしまうかもしれない。それでも俺は、七瀬の心の奥にある気持ちを知りたかった。

俺にはなんの力もないかもしれないけど、抱えている痛みを誰かに打ち明けたら、気持ちが少し楽になることだってあるはずだ。

「妹が死んでしまったのは悲しいけど、一番つらいのは妹自身のはず。だから私は、妹の分まで笑って前を向こうって決めたの」

以前は明るかったと言っていた大野の話を思い出す。

少し無理していたのかもしれないけど、七瀬は七瀬なりに前を向こうと頑張っていたんだ。だとしたらやはり、二年になって病気を患ってしまったから……。

「だけどね、私がいくら前向きになろうと頑張っていても、両親は違ったの」

「ご両親？」

思いがけない言葉に驚いたが、七瀬の口から両親の話を聞くのは初めてだった。

「妹が亡くなってから、両親はあまり笑わなくなったの。いつもつらい顔をしていて、家族の会話もどんどん少なくなって。悲しい気持ちは私も一緒だけど、悲しんでいれば妹が生き返るわけじゃないでしょ？　だから私は家でも学校でも、それまで以上に明るく振る舞った。私だけでも笑っていなきゃ、妹が悲しむと思ったから」

落ち着いて話している七瀬の表情が、みるみる曇っていく。俺は七瀬の言葉を一字一句聞き逃さないようにと、七瀬を見つめ続けた。

「でもね、高校一年のある日、母親に言われたの。『雅が死んでしまったのに、どうしてそんなに笑っていられるの』って。情緒不安定なのかイライラしていたのか知らないけど、その言葉で気づいたんだ。私は愛されていないんだなって」

「そんな……」

つい声を出してしまった俺を見て、七瀬は悲しそうに微笑む。

「昔から仕事が忙しい両親だったけど、家にいると悲しくなるからなのか、妹が死んでからはますます仕事に打ち込むようになって。私はひとりで家にいる回数が多くなったんだ。妹はもういなくても、私はここにいるのに……」

七瀬の悲しい気持ちが俺の心にひしひしと伝わってきて、痛くて、苦しくて、泣きたくなった。

「私は妹だけじゃなくて、同時に両親も失ってしまったのかなって思ってる。それに、二年になる前の春休みに……」

そこで七瀬は、言葉を止めた。

その続きを俺に聞かせてほしい。俺に病気は治せないけど、七瀬のためにできることはきっともっとあるはずだから……。

「やっぱり、なんでもない。塚本くんにはついなんでも言っちゃいそうになるな」

けれど七瀬は、寂しさを目に宿したまま俺を見て微笑んだ。

「寂しかったけど、愛されてない現実を受け入れたらけっこう楽になったんだ。家の中で無理に笑わなくても済むし、両親に心配かけないようにしようと思わなくて済むから」

「七瀬……」

俺には信じられなかった。七瀬の話ではなく、七瀬に自分は愛されていないと思わせてしまう両親が。

七瀬は、友達のために臆せずイジメに立ち向かうような子だ。妹が悲しまないようにと懸命に前を向こうと頑張っていた。両親を安心させるため、きっと泣きたい気持ちを我慢して笑っていたはず。

そんな子が両親に愛されていないなんて、絶対にあり得ない。あってはならない。

手術や大切な記憶を失う恐怖とひとりで戦っている七瀬に、『愛されていない』なんて言わせてしまう両親に対して、怒りに似たやり切れない苛立《いらだ》ちが込み上げてきた。

それと同時に、七瀬が学校を休んだ日のことを思い出した。あの日、どうして七瀬の母親は学校に来ていたのか。どうして養護の先生に頭を下げていたのだろうか。

「こんな暗い話されても困るよね。ごめん」

「困るわけないだろ。むしろ、話してくれてありがとう。七瀬の悲しい気持ちを知れて嬉しかった」

出口のない深い森をさまよったかのような苦悩の表情を浮かべる七瀬を目の当たりにした俺は、苦い抹茶をすべて飲みきり、紙コップをギュッと握り潰した。

「あのさー七瀬、今日って時間ある？」

「え？　あ、うん。あるけど……」

とまどいの色が浮かんでいる七瀬の目を見ながら、俺は続けて言った。

「じゃー門限は？」

「門限？　えっと、一応二十一時。今時の高校生にしては早すぎるよね」

「二十一時か……よし、決めた」

首をかしげた七瀬の横で、俺は強い決意を胸に立ち上がり、くるりと振り返る。

「お願いがあるんだけど。今日一日、俺に付き合ってくれない？」

「えっ……？」

キョトンとした表情で俺を見上げている七瀬。好きな人に向かってこんなことを堂々と言うなんて、自分でも信じられない。でも、決めたんだ。

今の俺の決意のように固く、まっすぐ七瀬を見つめた。七瀬はゆるい風になびいた前髪を触り、小さくうなずく。

「えっと、それじゃ……とりあえず、せっかくだからお参りでもする？」

するとと七瀬はもう一度うなずき、残っていた抹茶を飲み干して立ち上がった。

ゴミを捨てて休憩所を後にした俺たちは、本堂に向けて歩き出した。一番日差しが強く降り注ぐ時間帯、避けなければスムーズに前に進めないほど人の数もさっきよりさらに多くなっている。

まっすぐ続く道を歩いて本堂の前に着くと、お参り待ちの人たちが列を作っていた。一歩、また一歩と列が進み、階段を一段ずつ上がる。前にいるおばさん四人組が参拝を終えると、俺たちは賽銭箱《さいせんばこ》の前に立った。

財布から迷わず五百円玉を取り出す。そして七瀬と目を合わせたあと小銭を投げ込み、ふたりで太い縄を握って鈴を鳴らした。

『塚本涼太と申します。えっと、七瀬が、七瀬栞が、みんなと一緒に笑顔で文化祭を終えられますように。それから、七瀬の手術がうまくいって、一番大切にしている家族旅行の思い出が消えることなくちゃんと残りますように。あと、七瀬が両親と笑い合える日が来ますように。それと……』

腕をつんつんと突かれて目を開けると、七瀬が口パクで『長い』と伝えてきた。俺は焦ってもう一度手を合わせてお辞儀をしたあと、うしろに軽く会釈をして列を抜けた。

「随分長かったけど、なにをお願いしてたの？」

「いや、別に大したことじゃ……」

俺の顔をのぞき込みながら七瀬が聞いてきたので、目を逸らしてしまった。それでも七瀬は俺の顔をジッと見ている。

「ほら、俺みたいなヤツにはさ、願い事なんて山ほどあるんだよ。自分では叶えられないから神頼みする、みたいな？」

笑いながら頭をかいてごまかした。七瀬は口をとがらせて「ふ～ん」と言っている。

「そうだ。私、おみくじも引きたいんだけど、行こ」

その瞬間、突然腕に違和感を覚えた。

これは、どういうことだ……。

七瀬が、俺の腕をつかんでいる。大して筋肉のついていない俺の右腕の一部が、異常に熱い。誰かに心臓を握られたみたいに胸が苦しくて、手のひらが汗ばんできた。

どこまで心臓が持ちこたえられるだろうか。と思った矢先、七瀬が手を離した。

夢だったのかもと一瞬思ったけど、現実だという証拠に俺の手と足が機械のようにぎこちない動きをしている。隣にいる七瀬に気づかれないよう、静かに深呼吸を繰り返しながら歩いた。

「おみくじください」

七瀬がそう言って百円を払ったので、俺も急いで財布から百円を出した。箱の中に手を入れておみくじを取るという、いたってシンプルな仕組みだった。まずはお互いに自分で開いて確認したあと、七瀬の「せーの」というかけ声で見せ合った。俺のおみくじは、なんと前回と同じく吉。そしてさらに驚くべきことに、七瀬のおみくじも吉だった。

正直、吉しか入っていないんじゃないかと疑った。俺はなんでもいいけど、七瀬には大吉が出てほしかったと心底思う。ちょっとは空気読めよと、神様に説教したい気分だ。

側にいるカップルが「大吉だ〜」とはしゃいでいる横でチラッと七瀬の顔を見ると、俺と目が合った瞬間クスッと笑った。それにつられて、俺もなぜか笑い出す。

「吉って、喜ぶべきかガッカリするべきか分かんないし、微妙だよね」

「ほんと。まさかまた吉が出るとは思わなかったよ」

おみくじがすべてではないけど、今の七瀬にとってはこういう小さなことでも心にダメージを与えてしまうとしたら、俺の運をすべて七瀬にあげたくなる。

「あのさ、でも考えようによっては大吉より吉のほうがいいかもよ」

「どうして？」

「だってほら、大吉はそれ以上はないけど、吉だったらまだまだ運が上がる可能性があるってことだろ？　今は吉でも、明日は小吉になってその次は中吉、一ヶ月後には大吉になるかもしれないじゃん」

珍しい生き物を見るかのような視線を俺に向けている七瀬。やっぱり、無理があったかもしれない。こいつはなにを言っているんだと呆れられるかも。

「確かにそうかも。塚本くんって意外にポジティブだよね」

けれど俺の不安をよそに、七瀬は微笑んでくれた。

ポジティブなんかじゃない。少なくとも、七瀬の病気を知る前までは『嫌だ、面倒くさい、どうせ』が、俺を表す言葉の代名詞だった。でも七瀬のこととなると自然と前向きになる。だから、もし今の俺がポジティブに見えるのだとしたら、それは七瀬のおかげなんだ。

それからふたりでおみくじを境内の木の枝に結び、境内にある団子屋で餡子《あんこ》がたっぷりかかった団子を食べてから神社を後にした。

「とりあえず、なんか食べる？」

「うん、食べたい」

十三時を過ぎているので、さすがに団子だけでは俺たちのお腹は満たされなかった。

飲食店はたくさんあるので本当はちょっとおしゃれなカフェとか有名なラーメン屋とかに入りたかったけど、どこも満席。あまり歩かせるのも悪いので、駅の近くにあったファミレスに入ることにした。

「なんかごめんね。せっかくだから行列のできる店とか予約しておけばよかった」

要領が悪いというのもあるけど、好きな女の子と出かけること自体初めてなのだから仕方ない。そう自分を励ました。

「そんなの気にしなくていいよ。私、このファミレスのハンバーグ好きだし」

「ならよかった。えっと、ハンバーグうまいよね」

向かい合ってメニューを見ているだけで、俺の鼓動が激しくなる。

どうしたというのだろうか。自分の中では、ふたりでいることに多少は慣れたつもりだった。話をする時も以前ほど緊張はしないはずだったのに、こうして改めて向き合っていると、急に全身に力が入ってしまう。

きっとこのシチュエーションに、〝デート〟という言葉がチラついてしまうせいだ。

ハンバーグランチをふたつ頼み、俺は水をひと口飲んだ。

今日一日付き合ってほしいと言ったのは俺なんだから、どうにか七瀬を飽きさせないようにしなければと頭をフル回転させる。だけどこのあとはどこへ行ってなにをしたらいいのか、緊張しすぎて全然思いつかない。しかもやたらと喉が渇く。

「塚本くんは、中学の頃はどんな感じだったの？」

頬杖をつきながら七瀬が聞いてきた。

「あ、俺？　えっと、今と変わらないかな。いるのかいないのか分かんないような存在で、面倒くさがりだし、特に目立つこともなく平凡な中学生だったよ」

七瀬の前で自分を卑下《ひげ》したくはないけど、嘘をつくわけにもいかないので正直に答えた。

「でも今の塚本くんは違うよね？」

「え？」

「藤棚の案を出して、今は文化祭の準備を一生懸命頑張ってるし」

「いや、まぁ、そうだけど。でも俺だけだったらきっとグダグダだったと思うよ」

実際に、結城と大野がいなかったらここまでクラスも盛り上がらなかっただろうし、俺の案自体も通ったかどうか怪しい。

「でも、思い出は新たに作れるっていう塚本くんの言葉がなかったら、私はここまでやれなかった」

「そんな、俺は……」

嬉しいのに、喉が詰まってうまく言葉が出ない。とりあえず水を飲もうと手を伸ばし、コップを握って口に持っていこうとしたところで、俺は異変に気づいた。その瞬間、顔が一気に火照《ほて》りだす。

「あっ……」

俺が握っていたのは水の入ったコップではなく、伝票を入れる透明な筒。

恥ずかしさに唇を噛み、そっと伝票入れをテーブルに置いてうつむくと……。

「なに今の、すっごい面白いんだけど！」

そう言って、七瀬が突然笑い出した。ただ笑っているわけではない。大きく開けた口元に右手を当て、左手でお腹を抱えながら爆笑しているのだ。

俺は唖然《あぜん》としながらその様子を見つめる。

「なんで、なんで伝票のやつ……」

プルプルと肩を震わせながら必死に声を殺している七瀬。ただただ恥ずかしくて縮こまっていたのだが、七瀬があまりにも笑うので、次第に俺もなんだかおかしくなってきた。

「いや、だってさ、目の前にあったし。でも持った瞬間なんか軽いなって思って、よく見たらコップちゃうやんって気づいたわけで」

俺がそう言うと、七瀬は我慢できずにまた高い声を出して笑った。

「口をつける前に気づいたけどさ、逆にこのまま最後までいったほうが潔いのか若干悩んだ結果、さすがに伝票入れは飲めないから置いちゃったよね」

「もう……もうやめて、ほんとに、お腹痛い」

「マジで笑いごとじゃないって、ちょー恥ずかしかったから」

「お待たせいたしました」

爆笑の渦をようやく落ち着かせてくれたのは、店員さんだった。

「ごゆっくりどうぞ」

目の前にハンバーグが置かれると、七瀬は大きく深呼吸をして水を飲もうと手を伸ばしたが、途中で止めてうつむいた。多分コップを持った瞬間、また思い出してしまうと思ったのだろう。そんな七瀬を見て、俺も必死に笑いをこらえた。

「ふーっ、もう大丈夫。やっと落ち着いた」

息を吐いて顔を上げた七瀬の表情が、かわいく見えた。もちろんいつもかわいいのだけど、いつも以上に。

「まさかそんなに爆笑されるとはね」

「私も、自分でもビックリしちゃった。こんなに笑ったのは何年ぶりだろう」

以前の七瀬はこんなふうに笑顔を見せていたんだなと思うと、切なさが急に胸を締めつける。

「でも本当に面白かった。笑ったら余計お腹空いちゃったから、食べよ」

そのあとは落ち着いてハンバーグを食べ、ファミレスを出たのは十四時半。七瀬の門限まではまだまだ時間がある。

「次は、そうだな……映画見るのはどう？」

一度恥ずかしい思いをしたからなのか、緊張していた心が一気にゆるんだ俺はそう提案した。

「うん、いいよ。映画なんて全然見に行ってないな〜」

携帯で近くの映画館を探し、ひとつ先の駅にあるショッピングモール内の映画館に行った。

混雑していたので公開したばかりの作品は避け、七瀬が選んだホラー映画に決まったのだが、実はホラーが苦手だなんてことはもちろん言えない。

七瀬は終始冷静な表情で観賞していた。俺は怖がっているのを悟られないようにしていたのだが、時々ビクッと体が反応してしまい、それに気づいた七瀬がクスッと笑う。映画を見ている最中は、ずっとそんな状態だった。

外に出ると、映画を見る前と後では空の色が随分変わっていた。薄くなった青空に所々雲が混ざり、沈みゆく太陽を中心に綺麗なオレンジ色が街の上を照らしている。

「次はここ行かない？」

携帯を七瀬に見せると、七瀬は「行く」と大きくうなずいた。

調べた結果、ゲームセンターとボーリング場が一体になった施設が近くにあったので、まずはボーリングをやることになった。

ボーリングなんて中学生の時に一度やったきりだ。でも、七瀬にかっこいいところを見せられるチャンスかもしれない。ここは気合いを入れて……。

そう意気込んで挑んだけど、結果はボロボロ。よかったのは勢いだけで、なんせコントロールが悪すぎた。狙った場所になかなか行かない。

一方七瀬はあんなに細い腕なのに球をまっすぐ転がせるからか、力はなくても何度かストライクを出していた。

なんとかギリギリ俺が勝ったけど、どう考えてもかっこよくはなかっただろう。筋トレから始めたほうがいいかもしれないと、本気で思った。

ボーリングを終え、俺たちは同じ施設内にあるゲームセンターに行った。中は若者や家族連れで賑《にぎ》わっている。

大音量が響き渡る店内をふらふら歩いていると、クレーンゲーム機を眺めていた七瀬が「かわいい」とつぶやいたので、今度こそという気持ちで小銭を握りしめた。

だがそううまくいくはずもなく、中くらいの柴犬《しばいぬ》のぬいぐるみなのだがこれがなかなか手強《てごわ》い。何度もチャレンジをしていくたびに悔しさが込み上げてきて、負けられないという謎の使命感のようなものが湧いてきた。

途中七瀬が何度も「もういいよ」と言ってくれたのだが、ここまでくるともはや自分との戦いだ。

そしてチャレンジ開始から十五回目。クレーンを操作する俺の横で、七瀬は両手を顔の前で握り、祈るように見つめている。

「よし、よし、そのままそのまま、行け」

柴犬を不安定に持ち上げたクレーンが、ゴールを目指してゆっくり動いていく。ゴクリと唾を飲み込んだ時、クレーンから放たれた柴犬が丸い筒に向かって一直線に落ちていった。

「よっしゃー！」

思わずガッツポーズをした俺は、隣にいる七瀬とハイタッチをした。受け取り口から柴犬を取り出して七瀬に渡すと、「ありがとう。本当に嬉しい」と満面の笑みを俺に向けた。

愛おしそうに柴犬を撫でたり頬をスリスリしている七瀬の横で、俺は満足気に微笑む。戦いの末につかみ取った世界最高峰の秘宝を、愛する姫に手渡したかのような充実感。大げさではなく、七瀬の喜ぶ顔を見ているだけで俺の心は歓喜に満ちあふれる。五百円で三回、それを五回やったので二千五百円使ってようやく取れた……ということはこの際忘れよう。

ゲームセンターを出ると、空の色はまたさらに様子を変えていた。薄闇が空に広がり、街は人工的な灯りに染まっていく。絵の具の最後の最後をなんとか絞り出したようにわずかに残る夕日も、数分後にはすぐに消えてしまいそうだ。

十九時を過ぎていたので、俺たちは夜ご飯を食べることにした。お金を使いすぎて残金があまりないと正直に七瀬に話したら、七瀬は牛丼が食べたいと言った。

本当に食べたかったのか定かではないが、お金のない俺を気遣っての言葉なのかもしれない。そういう七瀬のさり気ない優しさがものすごく嬉しかった。

牛丼を食べ終えると、時刻は二十時。俺たちは一緒に七瀬の自宅がある最寄り駅まで行くことにした。

「わざわざ送ってくれなくてもいいのに」

ドアの横に立ち、電車の外を眺めながら七瀬が言った。

「女の子を夜ひとりで帰すわけにはいかないでしょ。こんな俺でも送るくらいのことはできるし」

すっかり暗くなった空。ドアのガラスに映るのは外の景色ではなく、どこか寂しげに目を伏せている七瀬の顔だった。

一日付き合ってもらったのは七瀬と一緒に楽しみたいという気持ちがあったからだけど、それだけではない。むしろこれからなんだ。

「あのさ、七瀬。もう少し一緒にいられないかな?」

振り返った七瀬は、目を大きく開いて俺を見つめた。

「あと少しだけ、俺に付き合ってほしいんだ」

門限を過ぎるまで一緒にいなければ、意味がない。

「えっと……」

返事をしようとした七瀬が、肩にかけているカバンへ視線を向けた。そして携帯を取り出し、眉を寄せ渋い表情で画面を見つめた。

「お母さんから、家にいるかっていう連絡。私のことなんて放っておいてるくせに、門限を守ってるかだけはこうやって毎日連絡してくるの。意味分かんないよ」

七瀬は返事を打たずに携帯をカバンにしまった。

違うよ。やっぱり違うよ、七瀬。そうやって親が毎日連絡してくるのは……。

「いいよ。もうちょっと一緒にいよう」

七瀬の声と同時に電車がガタンと揺れ、駅に到着した。ドアが開いた瞬間、少し冷たい夜の風を感じる。

「どっか話せる場所あるかな？　できれば室内がいいんだけど」

楽しい時間を過ごしているうちに、七瀬が病気だということを一瞬忘れてしまっていた自分を責めた。いつまでも歩かせて七瀬が体調を崩したら大変なので、どこか暖かい場所で時間を潰したいと思った。

「室内だと飲食店くらいしかないかな。公園は？」

「公園か……でも少し冷えてきたし、寒くない？」

「私は全然平気だけど」

そう言われても、なにかあったらと考えると心配だ。ネットで調べた思い出忘却症の症状は頭痛やめまいなどが多く、進行すれば手足のしびれなども出てくると書いてあった。普通にボーリングもしていたし、目の前にいる七瀬の顔色も悪くない。なので大丈夫なのかもしれないけど、なにかあってからじゃ遅いわけで。

「寒くないの？　調子悪いとか、そういうことはない？」

「急にどうしたの？」

七瀬が首をかしげた。

「調子が悪かったらこんなふうに一日遊んだりしないよ、行こう。だって、お金ないんでしょ？　話すなら公園でいいじゃん」

七瀬の手が再び俺の腕をつかんだ。

「え、あ、いや、金はないけど、でも」

とまどう俺なんてお構いなしに、七瀬は俺の腕を引っ張って歩き出した。七瀬の細い手の威力はすさまじく、簡単に俺の心臓を揺さぶってしまう。

少し歩いたところで手が離れると、今度は心臓がキュッと締めつけられた。男なんだから勇気を出して自分から手をつなげばいいのだろうけど、自分の気持ちを七瀬に知られたくないし、そんな大胆なことが俺にできるはずもない。

駅前にはファーストフード店やいくつかの商店が並んでいて、駅を少し離れると閑静な住宅街が広がる。その中の一画、マンションとマンションの間にある公園に七瀬は入っていった。

マンションの灯りや街灯のおかげでそこまで暗いわけではないのだが、もちろん子供が遊んでいることはなくひっそりとしている。

公園にはブランコと滑り台と鉄棒、真ん中には山の形をした登って遊ぶ大きな遊具があった。俺たちはブランコのうしろのベンチに座る。

「本当に寒くない？」

「大丈夫だよ。なんでそんなに気にするの？」

目を細め、疑うような視線を向けられて少しドキッとした。病気だから心配だと言えれば話は早いのだか……。

「だって夜だし、女の子は冷え性ってイメージだから」

「私は平気だよ」

「そっか、ならいいけど……」

見上げた夜空の先には月が顔を出していて、天気がよかったからか星もひとつふたつ散らばっていた。

「文化祭まであと一週間だね。今日遊んだ分、残りのミサンガ作り頑張らなきゃな」

「うん。頑張ろう」

月を見ながら言うと、七瀬も同じように空を見上げて答えた。夜の公園は昼間の賑やかさが嘘みたいに静かで、別の世界にいるみたいだ。

「あのね、塚本くん。私本当は……本当はずっと、ひとりでいるのは寂しいって思っていたの」

うなずいた俺は七瀬のほうを向き、その声に耳を傾けた。

「だけど私は、みんなと一緒に楽しんじゃいけなくて。だから、ずっと自分に嘘をついていた。ひとりでいたほうが楽、友達なんていらないって」

「どうして楽しんじゃいけないの？」

「それは……」

膝に置いた柴犬のぬいぐるみを強く握った七瀬。俺は次の言葉を待った。

「それは、ごめん。まだ言えない。だけど私は、すべての感情を失くすことを選んだの。そうすれば、学校にいられる時間が長くなるから。意味分からないよね、ごめんね」

切なそうに微笑む七瀬の隣で、俺は考えた。すべての感情をなくせば学校に長くいられるという意味を。

単一性忘却症による腫瘍の成長速度は人それぞれで、長い人は三年ほど腫瘍が大きくならなかった人もいるというのをネットで見た。腫瘍は、あるひとつの事柄を頭の中で繰り返し思い出すことで大きくなる。つまり、無意識に思い出してしまうことは避けられないにしても、意識的になにも考えないようにすればある程度成長速度は抑えられるのかもしれない。

だから七瀬はすべての感情を失くすことを選んだ。誰にも心を開かず、周りを拒絶し笑うことをやめた。学校が好きだから、今という時間を長く過ごすために。

本当は友達と楽しく過ごしたいのに、寂しさを胸に秘めながらひとりでいることを選んだのだとしたら悲しすぎる。

「家よりも、学校のほうがいい。例え誰とも話ができなくても、そのほうがまだマシだったから」

家でも学校でも笑っていいんだと、声を大にして言いたかった。

「それで、塚本くんがミサンガを一緒に作ろうって誘ってくれた時、本当はすごく迷ったの。今までずっとひとりでいたのに、今さら都合よくみんなの中に入っていいのかなって」

「そんなこと……」

「だからね、文化祭を一緒に楽しもうっていう塚本くんの言葉がなかったら、私は今でもきっとひとりでいたはず。いろんな恐怖から逃れるためにはそうするしかないと思ってたから」

七瀬の両親は、七瀬の心の叫びを知っているのだろうか。どんな気持ちで学校に来ているのかを。

「でも塚本くんのおかげで、私は一歩を踏み出してみようかなって思えたの。藤棚は壊れてしまったけど新たに作り直せば大切な思い出はまた生まれるっていう塚本くんの言葉が、私の胸に響いたから」

「七瀬……」

「ミサンガ作りは楽しいし、香澄ちゃんは中学から変わらず真面目でいい子で他のみんなも面白くて、だから塚本くんには感謝してる。ありがとう」

ふわっと柔らかな優しい七瀬の笑顔に、涙が出そうになった。

きっと今も恐怖はぬぐえていないはずだ。それでも七瀬は俺たちと一緒に文化祭を楽しむことを選んでくれた。だから俺は、七瀬の大切な記憶を必ず守ってあげたい。

「七瀬は笑ってるほうがいいよ。今日みたいに爆笑してる七瀬が……」

俺は好きだ。そう言いかけて、止めた。

「今日一日でいっぱい笑ったら、なんか親のこととかもどうでもいいかなって」

七瀬は笑っているつもりなのだろうけど、俺にはそうは見えなかった。ファミレスでの笑顔とは全然違う。精一杯無理をして作った目の前にあるその笑顔を、今度こそ本当の笑顔に変えてあげたい。

公園にある時計を確認すると、二十一時十分を差していた。

「門限、過ぎちゃったね」

「そうだね。お母さんから何度も着信あった」

七瀬は携帯を確認し、ため息をついた。

「ご両親は、どうして七瀬の門限を二十一時にして、どうして毎日七瀬が門限をちゃんと守っているか確認するんだろう」

「さぁ、分からない。問題を起こされたら面倒だからとか」

投げやりにそう言った七瀬の瞳の奥には、やっぱり寂しさの影を落としているように見える。

「きっと、心配だからなんじゃない？」

「そんなわけない」

悩む間もなく、うつむきながら俺の言葉を否定した七瀬。

「七瀬はさ、今の自分の気持ちを両親に話したことある？」

一瞬だけ上げた視線をすぐにまた落とし、かぶりを振った七瀬。

「一度ちゃんと向き合って話してみたらどうかな？　お互いなにか誤解している部分があるかもしれないし」

話したり、やってみなければ分からないことはたくさんあるのだと知ったのは、つい最近だ。苦手だと思っていたヤツが実はすごくいいヤツで、嫌いだった行事もやってみたら本当に楽しいと思えた。

だから七瀬も、親に自分の気持ちをきちんと伝えてみたら、自分が思っていた方向とは違う結末が待っているかもしれない。

「無理だよ。これ以上傷つきたくないし、今さら自分から話すなんて……」

今にも泣き出してしまいそうな瞳で、力なくつぶやいた。

「だけどさ……」

「もういいから、そろそろ帰ろ」

ようやく顔を上げた七瀬は、これ以上考えたくないと言わんばかりに俺の言葉を遮断した。

「あ、うん。分かった。こんな時間まで付き合わせちゃってごめんね」

「別にいいよ。私も家にいるよりずっと楽しかったから」

ふたりでベンチから立ち上がると、静かな公園を後にした。

「家までは近いの？」

「うん。五分くらいかな」

公園を出て左にまっすぐ進むと、道の両側は変わらず住宅街が続いている。

七瀬の家に向かっている間、俺は考えていた。七瀬の母親が真剣な眼差しで養護の先生に頭を下げていた、その理由を。

ただの勘だし根拠はないけど、七瀬から両親の話を聞いて俺は確信した。七瀬はきっと、両親に愛されているはずだと。

普段は自分に自信なんてないはずなのに、今この時だけは自分の考えに自信が持てる。

自分から両親に話すことに抵抗があると七瀬が言うのなら、俺がその状況を作ってあげたい。七瀬が自分の気持ちをすべて吐き出せるように。

「あそこの交差点を右に曲がったら家が見えてくるから」

心臓がドクンと音を鳴らし、俺は身構えた。

家まで送り届けても、両親がいなかったら。

両親がいたとして、すぐにドアを閉められてしまったら。俺の言葉に耳を傾けてくれなかったら、どうするべきか……。

頭の中でいろんな可能性をシミュレーションしてみるけど、きっといざその時になったらなにも考えられずに思ったことを口に出すしかないだろう。

そう思いながら交差点を右に曲がり少し進んだ時、七瀬が「あっ」と小さな声を漏らした。

薄暗くてハッキリとは見えないが、街灯が並んでいる道の先に、こちらを向いて人が立っているのが見えた。

「なんで……？」

七瀬が立ち止まると、その人物が一歩ずつ前へと足を進め始める。そしてその足は、次第に速くなっていった。

「栞！」

七瀬の前に立ったその人は、七瀬の母親だった。一度学校で見たことがあるのですぐに分かった。

「門限破ってどこに行ってたの！」

母親は青ざめた顔で七瀬の肩をつかんだ。けれど七瀬はその手を振り払う。

「少し遅くなっただけでしょ？」

「少しって……」

そう言いかけて、母親はやっと俺の存在に気づいた。ずっと七瀬の隣にいたのに見えていなかったのは、随分取り乱していたからだろう。

俺は母親に向かって頭を下げた。

「あなたは？」

そして、息をスーッと吸い込み顔を上げる。

「同じクラスの、塚本涼太です。こんな時間まで七瀬を連れ出したのは俺なんです」

「ちょっと、塚本くん？」

俺は左腕を伸ばし、前に出ようとした七瀬を制止した。

「どういうことですか？」

決して大きくはないけど、気迫のこもった母親の低い声と瞳が俺に向けられた。俺は拳を強く握り、母親の目を見つめて口を開く。

「七瀬を誘って神社に行ってお昼ご飯を食べて、本当はそこで解散するはずだったん
ですけど、楽しくなっちゃって。だから映画を見て、ボーリングをやってゲームセン
ターに行きました。それで……七瀬さんは門限があるって言ってたのに、俺がもう少
し話したいって無理を言いました」

「えっ!?」

驚いている七瀬に話す隙を与えないように、俺は言葉を続けた。

「今時門限が二十一時なんていくらなんでも早すぎるし、少しくらい過ぎたってどう
ってことないと思ったから」

すると俺に近づいてきた七瀬の母親は、ものすごい剣幕《けんまく》で俺をにらみつけた。

「門限が早いなんて、あなたが口を挟むことじゃないでしょ？」

「はい、すみません。でも――」

「栞に……大切な娘になにかあってからじゃ遅いのよ!?」

母親の激怒する声が耳に届いた瞬間、俺の心の中にあったわだかまりが一気に解け、俺は深々と頭を下げた。

「すみませんでした」

「頭を下げるくらいなら、最初から娘をこんな遅くまで連れ出したりしないで。栞にもしものことがあったら、私は……」

震える母親の声が頭上から聞こえてきて、俺は泣きそうになった。

やっぱり違ったんだよ、七瀬。門限が早いのも、仕事が忙しいのに娘が毎日ちゃんと帰っているかわざわざ確認してくるのも、愛情だった。

七瀬が学校を休んだ日、母親が学校に来ていたことをきっと知らなかったのだろう。

あの日見た母親の真剣な眼差しは、七瀬を愛しているからこそできる表情だ。

「本当に、すみませんでした」

もう一度謝ると、七瀬が俺の肩に手を置いた。

「塚本くん、もういいから」

七瀬に視線を向けると、黒い瞳の周りは夜でも分かるくらい真っ赤になっていて、綺麗な涙が薄っすら浮かんでいる。

「ちゃんと断らなかった栞も悪いのよ？　門限はお父さんと三人で決めた約束なんだから」

七瀬に向けている母親の諭すような瞳には、怒りではなく、娘に伝えたいというまっすぐな思いが込められている気がした。

「だったら……それならどうして、私のことを放っておくのよ！　私だって、雅が死んで私だって泣きたいのに、親がいつまでも悲しんでばかりいるから……」

声を荒らげた七瀬の気持ちに寄り添うように、俺は七瀬の背中にそっと手を置いた。

「雅が死んだ現実から逃げるみたいに仕事仕事で、私のことなんて見えてなかったじゃん！　私に病気が見つかっても全然慌てたりしなかったし、病院で先生の話を聞く時もすごく冷静で。そんなの、愛されてないって思うに決まってる……」

うつむいた七瀬の目から涙がこぼれ落ちると、母親が七瀬の体を抱きしめた。

「愛してるに決まってるでしょ……。私もお父さんも、誰よりもなによりも栞と雅のことが世界で一番大切なの。病気が見つかった時から、本当は毎日毎日怖くて仕方がなかった。また娘がいなくなってしまうかもしれないって考えたら頭がおかしくなってしまいそうだったけど、でも栞には悟られないように冷静なふりをしていたの。親の私達が不安がっていたら、栞はもっと不安になると思ったから」

七瀬を抱きしめたまま母親は目を閉じ、優しい声で語りかける。

「だけど、雅が亡くなってからは無意識に仕事に逃げていたのかもしれない。栞に泣いている姿を見せたくなくて。それが結果的に栞に寂しい思いをさせてしまうことになって、本当にごめんなさい」

抱き合うふたりの姿を見つめながら、俺はその場を離れるようにゆっくり足をうしろへ進めた。

子供を失う悲しみを知っているからこそ、両親だって怖かったんだ。仕事が忙しくて帰れなくても、七瀬がちゃんと家にいるか確認しないと心配になる。そういう感情はきっと、愛情がなければ生まれない。

だって俺も、七瀬が心配だから。七瀬の病気のことを考えると、どうしようもなく不安になる。

交差点まで戻った俺は、そのまま角を左に曲がった。

七瀬の心にあった寂しさを少しは救うことができただろうか。さっきの母親の言葉で七瀬にちゃんと愛情が伝わっていたなら俺も嬉しいけど、きっと大丈夫だろう。これからは家の中でも、七瀬はきっと笑顔でいられる。

「よし、明日は日曜だし、今日は徹夜でミサンガ編むかな」

夜空を見上げながら、俺は両腕をまっすぐ上に伸ばした。

家に帰って風呂に入ったあと、自分の部屋でベッドに寝転びながら携帯をいじっていると、七瀬からＬＩＮＥが届いた。

【今日は本当にありがとう。いつの間にか塚本くんがいなくなってて驚いたけど、あれから家に帰って塚本くんは悪くないってことをちゃんと説明したから】

母親に嫌われたかもしれないと少しは気になっていたので、安心した。

【俺のほうこそありがとう、本当に楽しかったよ】

【それからね、心の中にあった思いをちゃんと自分の言葉で両親に話したんだ。親を責める気持ちばかりだったけど、考えてみたら私も自分の感情を伝えることから逃げてたから。塚本くんのおかげでちゃんと話し合えた】

【そっか、よかった】

さっきは七瀬のためにと思ってあんなに頑張れたのに、こういう時は相変わらずかっこいい言葉はなにも浮かばない。【また七瀬とデートしたい】と打ったものの送れず、俺はその文字を速攻で削除した。

【あのさ、私とお母さんが話していたこと、全部聞いてたよね？】

七瀬のメッセージの意味に気づいた俺は、少し考えてから言葉を選び、送信した。

【邪魔にならないように途中であの場から離れたから、全部は聞いてないよ。それに、正直細かい言葉までは覚えてないし。どうして？】

七瀬からは【それならいいんだ。あと少しで文化祭だから、頑張ろうね】と、返ってきた。

病気について母親と話していたのを、俺に聞かれたと思ったのだろう。実際は聞いていたけど、知らないふりをした。七瀬はきっと、今はまだ知られたくないのだろうから。

【文化祭、頑張って目標額達成しような！　それで藤棚復活をみんなで祝おう！】

間近に迫った文化祭を盛り上げて成功させる。次に俺がやるべきことは、それだけだ。

文化祭二日前の放課後ともなると、さすがにどのクラスも残って作業をしているようだった。うちのクラスも同様に、部活や特別な用事がない限りはみんな残って最後の仕上げに追われている。

窓の外には夕闇が広がっていて、こうして教室に残っていると、日が沈む早さに季節の変わり目を実感できる。十八時半を過ぎ、そろそろ結城も部活を終えて戻ってくるかもしれない。

「ポスター貼ってきたよ」

いつもの場所で俺と寺川と七瀬がミサンガ作りをしていると、大野がそう言って教室に入ってきた。

当日受付となる正門の前には、各クラスのポスターを一枚ずつ貼るボードが置かれる。選挙の時に候補者の顔が貼られるような、あんなイメージだ。そこに大野がうちのクラスのポスターを貼りに行っていた。

七瀬と出かけた翌日の日曜、七瀬はネットで藤棚の画像を見ながら一時間でポスターを仕上げたらしい。七瀬の描いたポスターは、ところどころ薄かったり濃かったりする藤の花の紫色を絵の具で綺麗に表現していて、すごく気持ちがこもっているなと感じられた。

結局あの日は俺の早とちりで藤棚を見せてあげることはできなかったけど、【塚本くんと出かけたら、なんか気持ちがスッキリしていい絵が描けたよ】というメッセージが送られてきた。俺はなにもしていないのだけど、結果オーライだ。

「どうだった？」

「うん、栞の描いた藤棚の絵を見て、みんなすごいとか綺麗だって褒めてたよ」

寺川の問いかけに、大野は嬉しそうに微笑みながら答えた。

「香澄ちゃん、貼りに行ってくれてありがとう」

「全然。やっぱり栞が描いたうちのクラスのポスターが一番素敵だった」

笑顔で視線を交わし合うふたり。

文化祭に向けて一緒に頑張ってきたこの数日間で、ミサンガ班の絆《きずな》はまたさらに深まった。

今まで七瀬は、大野本人に向かって下の名前を呼ぶことはなかった。親しくならないようにしていたのだろう。でも週明けの月曜、ミサンガ作りをしている最中に七瀬が大野のことを『香澄ちゃん』と呼んだ。『香澄ちゃん、ひとりでいる私に毎日挨拶してくれていたのに、今までごめんね』と。

その時、大野は泣いたんだ。イジメから自分をかばってくれた七瀬とずっと友達になりたいと思っていたのだから、心の底から感激したのだろう。

いつも冷静な大野が目を潤ませたのを見て、俺までもらい泣きをしてしまいそうになった。

それから大野は、七瀬のことを『栞』と呼んでいる。お互いに名前で呼び合えるようになったのは、自分のことのように嬉しい。

両親との間にできた溝が少しずつ埋まってきたことにより、七瀬はまたさらに一歩を踏み出せたのかもしれない。

「そーいえば塚本くん、今日こそポスター持ってきたよね？」

大野に横目で見られ、俺はギクッと肩を上げた。

「あ、まぁ……」

「今文字入れちゃうから、出して」

そうだよな、やっぱ出すしかないよな。結局みんなに見られるわけだし、どうせ下手だと思われるのだから、今出してもあとで出しても同じことだ。

俺はカバンの中から丸めたポスターを出し、しぶしぶ大野に手渡した。大野は輪ゴムを取り外し、ポスターを机の上に広げて置く。ちょうどそのタイミングで、部活を終えた結城が教室に戻ってきた。

「お疲れ〜。やってる〜?」

居酒屋に入ってくるサラリーマンのような台詞《せりふ》を吐きながらやってきた結城は、机の上にある俺のポスターに目を向けた。

七瀬も当然見てるよな。寺川はきっと笑うだろうし……。

みんなの反応が怖くて、俺はうつむきながらミサンガを編んだ。平静を装いながらも、内心なにを言われるのかビクビクしている。

「すごい、いいポスターだね」

七瀬の声が聞こえてきて思わず顔を上げると、四人は俺のポスターを食い入るように眺めていた。

「いいじゃん。なんか涼太っぽくて熱い感じが伝わってくる」

結城がそう言ってきたので、俺は「別に熱くないだろ」と素っ気なく答えた。本当は、褒められたことが嬉しくてたまらないくせに。

「下手だけど、気持ちはこもってるかもな」

た。


「ひとこと余計なんだよ」

席を立った俺は、寺川の頭を軽くどついた。

本当は寺川と結城と同じように各班の商品を描こうかと思ったのだけど、結局やめた。

俺が悩みに悩んで描いたポスターは、輪になるように拳を突き合わせて伸ばした五本の腕。その手首には、ミサンガが巻かれている。

俺なりに丁寧に描いたつもりだけど、もともと絵心がないせいで決してうまくはない。立体感なんてまったくないし、光の加減とかもよく分からない。だけど、心だけは精一杯込めたつもりだった。

「この腕って、もしかして俺たち五人？」

指摘するなら結城だろうと思ってはいたけど、案の定だった。

その通り、ポスターに描いた腕はミサンガ班五人のそれをイメージした。七瀬の腕は白くて細くて、薄紫と水色と白い刺繍糸で俺が編んだミサンガを着けている。七瀬の腕とミサンガは一番丁寧に描いたが、俺を含むあとの四人はなんとなくのイメージだ。

「違うよ。腕が五本あるのが一番バランスがよかったから描いただけだし」

でも事実をハッキリ口に出されると妙に気恥ずかしくなるので、ごまかした。

「へ～、バランスね～」

疑いの目を向けてくる寺川の脇腹を、俺は左の拳でひと突きする。

「本当にいい絵だと思うよ」

七瀬が俺を見てそう言ってくれたので、「ありがとう」と小声で答えた。嬉しいけど、やっぱり少し照れくさい。

「じゃーこれは大野に文字入れしてもらうとして。涼太、一緒に職員室に行くぞ。資金が集まったあとのことについて先生に聞きにいくから」

「あぁ、分かった」

結城と一緒に職員室に行くと、生徒だけでなく今日は先生たちも割とたくさん残っているようだった。

俺たちは担任のところへ行き、資金が集まったと仮定して藤棚を建てるとしたらいつ頃になるのか、またどれくらいで完成するのか質問した。

先生たちは資金が集まる前提で既に依頼をしているらしく、冬休みに入ってすぐに着工。藤棚を建てる期間と藤の木を植え替える期間も合わせて、日程は五日間だと教えてくれた。

「なんかもっと長い期間かかるのかと思ったけど、意外と短いんだな」

職員室を出て廊下を歩きながら俺が言うと、結城も「確かに」とうなずいた。

七瀬が親と和解し、大野とも笑って普通に話せるようになって、文化祭も近づいてきた。そうなると気になるのは、やはり手術のことだ。七瀬はいつ手術をするのだろうか。

高校二年で病気が見つかって、腫瘍の進行が遅いにしても、いつまでもそのままというわけにはいかないだろう。なんとなくだけど、そう遠くはない気がする。手術が近いからこそ、七瀬は一歩を踏み出すことにしたのではないかと思った。

「涼太、どうかしたか？」

「え？　いや、別に」

「なんか涼太って、たまにすごい思いつめたような顔するよな」

結城の言葉に、俺は首をかしげた。自分では全然分からなかったが、病気の進行の原因である〝無意識のうちに頭の中で繰り返し考えてしまう〟というのは、こういうことなのだろう。

「なんかあったら言えよ。せっかく友達になったんだからさ」

重荷を下ろさせるような気さくな口調で、結城は俺の肩をバシッと叩いた。

「あぁ、サンキュー」

見た目は相変わらずチャラいけど中身は正反対だと分かった今、今度七瀬とまた出かける機会があったらどこに行けばいいか、結城に相談してみるのもありかもしれないな。

教室に戻り最終下校時間の十九時十五分ギリギリまでみんなでミサンガを作って目標数をなんとかクリアしたあと、俺たちは学校を出た。

準備ができるのはあと一日。明日は他の班の進行状況を最終的に確認して、教室の飾りも……。

自転車をこぎながら、半月前の俺からは想像もつかないくらい文化祭のことを真剣に考えている自分がいた。

・

文化祭前日の授業は午前中のみで午後は文化祭の準備に充てられるのだけど、授業の内容はあまり頭に入ってこなかった。どこかそわそわしていて落ち着かないし、早く終わらないかと時計の針ばかりを見ていた。

授業が終わって弁当を食べたあと、俺と結城は木材班の様子を見に美術室へ行った。作業はすべて終わっていて、空き教室に保管してある商品はどれも思った以上に完璧に仕上がっていて驚いた。

こげ茶色の木のイスはあえて使い古したようなレトロ感が出ていて、座らせてもらったら安定感もちゃんとあった。本を収納できる棚は机の上に置けるくらいのサイズなので、教科書などをしまうのにちょうどよさそうだ。

他の種類の棚も、ホームセンターで売っていても全然違和感がないくらい完璧だった。これならすぐに売り切れてしまうかもしれない。

そのあと俺たちは家庭科室に移動した。マスコット班は既に目標の数以上の個数を完成させていたので教室でポップ作りをしており、ポーチとティッシュケース作りをしている手芸班は追い込みをかけていた。

ミシンを使うから時間がかかるのだろう。できあがったポーチは大中小とサイズがあって、大は長財布、中は携帯が入るくらいで、小は鍵やリップなどの小物を入れられるらしい。これもまた雑貨屋に卸せるほどよくできている。

「アクセサリー班ももう終わってるし、あとは装飾班だけか。まぁ飾りはみんなでやればいいし」

教室に戻る途中、結城が言った。

「だな。戻ったら早速俺たちも手伝うか」

廊下の先を見据えながら返事をした俺の心には、なんの迷いもなかった。

クラスの出し物を決める際、俺が結城に促されてみんなの前で発言をした時は、正直全然自信がなかった。本当にうまくいくのか不安だったし、もしクラスがまとまらずに思ったように進行せず、結果資金もほとんど集まらなかったらと、嫌な想像ばかりしていた。

でも本番が間近に迫った今、不安よりも楽しみだという気持ちのほうが断然勝っている。

「なにやってんだよ！」

教室の近くまで来ると、突然大きな声が廊下に響き渡った。

俺と結城は何事かと顔を見合わせ、急いで教室の中に入る。

教室の後方に男子が何人かいて、少し離れたところから女子たちや七瀬と大野が不安そうな表情でその様子を見ていた。

「どういうことだよ！」

信じられないことに、荒々しく声を張り上げたのは寺川だった。眉を吊《つ》り上げ、今にも飛びかかってしまいそうな形相でクラスの男子をにらんでいる。寺川のこんな姿を見るのは初めてだった。

あまりの衝撃に唖然として固まってしまったが、結城と一緒にすぐに寺川のもとへ駆け寄った。

「なんだよ、なにがあったんだ？」

俺は間に入り、前のめりになっている寺川の肩をつかむ。すると、寺川は深いため息をついた。

「装飾班が、全然なにもやってなかったんだ」

「え？」

装飾班の男子四人に目を向けると、四人共ばつが悪そうに目を伏せた。

「とりあえず画用紙を切ったりしてみたけど、他になにも思いつかないまま文化祭前日になっちゃったんだと」

寺川が説明している間、装飾班の男子はうつむいたまま黙って唇を噛んでいる。

「マジで？　なにもしてないのか？」

結城の言葉に、四人はうなずいた。

「本番明日なのに、どうするの？」

「飾りなしでいつも通りの教室なんて、お客さん来てくれるかな？」

近くにいた女子たちが続けざまに声を上げる。

確かにその通りだ。このままだと殺風景な教室の中で商品を売ることになる。売るという以前にお客さんが来てくれなければ意味がないのだが、今の状態だと教室をのぞくだけで入ってくれない可能性もゼロではない。

「ごめん……。装飾が一番楽だと思って選んだんだけど、実際やってみたらどうすればいいのか分からなくて。それで……」

装飾班のひとりが申し訳なさそうにつぶやいた。

「だったら誰かに聞くとかすればよかったじゃん」

寺川の主張はもっともだ。だけど、装飾班の男子はクラスの中でも大人しくて目立たないグループ。もし俺が七瀬の病気を知らないままだったら、多分俺もこの装飾班を選んでいたに違いない。楽だから、簡単にできそうだからという理由だけで。そしてきっと、人に任せきりで自分では動こうとしなかったかもしれない。

「聞こうとしたんだけど、みんなそれぞれ忙しそうだったし。結城とか特に、余計な仕事を増やすなって怒られるのが嫌だったから。そしたらどんどん日にちが過ぎていっちゃって……」

「俺？　俺そんなこと言わないけどな～」

自分を指差し、ぽかんと口を開けて首を捻った結城。

その通りだ。文化祭の準備で一緒に過ごした俺には、結城がそんなヤツじゃないということは分かる。

でも彼らにとっては違う。最初に俺が結城に対して勝手なイメージを抱いていたように、自分たちと違うタイプのクラスメイトとは近づきたくてもきっと近づけない。

次第に、ほとんどのクラスメイトが責め立てるかのように彼ら四人を取り囲んだ。

その中心、寺川と装飾班の間にいる俺は、四人に向かって頭を下げた。

「ご、ごめん！」

するとみんなが俺に視線を向け、四人は同時に目を丸くした。

「俺さ、一応クラスで文化祭をまとめる役割をもらったのに、正直ミサンガのことしか考えてなかった。他の班は全然見えてなかったんだ。だから、ごめん」

七瀬と一緒に文化祭を頑張ることしか俺の頭になかったのは、事実だ。

それに、俺にはこの四人の気持ちが痛いほどよく分かる。だからこそ、せっかくの文化祭を一緒に楽しんでほしいと思った。

「いや、別にそれは……」

装飾班のひとりが、視線を下げたまま弱々しい声を出した。

「だからさ、今日中に終わるなにかいい方法をみんなで一緒に考えよう。頼りないけど、俺も力になるから」

自分の気持ちを装飾班に伝えると、四人は同時に顔を上げ「本当にごめん」と、もう一度頭を下げた。

「それからさ、結城は見た目はこの通りチャラいけど、なにか相談されたり頼まれたりしても文句は絶対言わないし、むしろ頼られると燃えるタイプだから」

「おっ、なんだよ～。涼太は俺のことよく分かってんじゃん」

結城に肩を組まれた俺は、「暑苦しい」と言って笑いながらその手を振り払った。

すると、さっきまで怒っていた寺川も「しょうがねぇな」とつぶやき、笑顔を見せていた。寺川だって俺と同じだったんだから、きっと俺の心情を読み取ってくれたのだろう。

　少し離れた場所に立つ七瀬にふと視線を向けると、七瀬は大野と顔を見合わせて安心したように微笑んでいる。

「よし、じゃーどうすっかな～。他のクラスはけっこう派手だったけど、ん～」

　腕を組んで考える結城の横で、俺も必死に頭を回転させた。でも美的センスの欠片もない俺には、どうしたらうちのクラスらしい装飾ができるかなかなか浮かばない。

「あの、いいかな」

　遠慮がちな声で手を挙げたのは七瀬だった。みんながいっせいに七瀬のほうを向く。

「藤棚を復活させたいっていうのが大前提だと思うから、教室を藤棚に見立てればいいんじゃないかな？」

　伏し目がちに言った七瀬を見て、大野がすかさず続けた。

「紫系の画用紙を切って花を作り、緑系で葉っぱ、茶色でつるを表現するのはどう？　切るだけなら簡単だし、手の空いた人たちみんなで協力すればできると思うんだよね」

　確かに、大がかりでも派手でもないが、そうすることで本来の目的を分かりやすく伝えることもできる。

「それいいじゃん！　みんなはどう？」

　結城が問いかけると、みんなも賛同してくれた。

「とりあえず今ある画用紙で足りなかったら先生に聞いてみるから、それでも足りなかったら俺が百均に走るよ」

「ありがとう、涼太。そんじゃ早速手分けしてやろう。とりあえず俺が適当に色分けしちゃうけど……」

結城の周りに手の空いたクラスメイトが集まってそれぞれの役割を決めたあと、すぐに作業に取りかかった。

時間が限られているので、みんな自分のタイミングで休憩を挟みながら黙々と色画用紙を切る。それと同時に七瀬が教室全体のバランスを見て決めた場所に、俺と結城が教室の壁に次々と色画用紙を貼りつけていく作業を行った。

そして十八時を過ぎたところで教室の装飾と机の配置、商品のセッティングが終了。

教室中に彩られた紫色の花を、みんなしばらく無言で眺めている。

「……終わったんじゃね？」

結城のひとことを合図に、クラス中が歓喜の声と拍手の音に沸く。俺も拍手をして、勢いで隣にいる七瀬とハイタッチをした。七瀬は満面の笑みを浮かべていた。

このテンションを保ったまま、あとは本番を迎えるだけだ。

文化祭一日目。事態は思いもよらない方向に向かっていた。

「今日一日ずっとこんな感じなのかな」

教室のカーテンを少し開けて大野がつぶやいた。その先に見えるのは、大きな音を立てて窓ガラスを叩いている雨。

朝は降っていなかったのに、十時頃から降り出した雨の勢いは、だんだんと強まっている。雨天の場合は日程を一日ずらすとかできればいいのだけど、決行か中止の二択しかないため、今日はそのまま決行になった。

「昨日の夜の段階では夕方から降るっていう予報だったのに。天気予報もあてにならないよね」

窓に寄りかかり、曇った眼鏡を拭きながらつぶやいた大野。

「仕方ないよ。天気は急に変わることもあるし」

イスに座っている七瀬が振り返り、チラッと窓の外に目線を移した。

雨の影響をもろに受けているのか、学校の生徒以外の来客が極端に少ない。そのため校内の雰囲気もいまいち盛り上がりに欠けているし、天気が伝染したかのようにどのクラスにもどんよりとした空気が漂っていた。

教室や校内で出店するクラスはまだいい。かわいそうなのは、校庭や中庭を使うはずだったクラスだ。昨日せっかくセッティングしたのに、今朝急いで校内の空きスペースに移しているのを見た。みんなすごく残念そうな顔をしていた。

うちのクラスは教室の後方と窓際にかけてL字になるように机を並べ、そこに班ごとに商品を並べてお客さんを待ち構えている。最初の二時間くらいは校内の生徒が来てくれて商品を買ってくれたのだけど、客足はだんだんと減り、今はパッタリと途絶えてしまっていた。

最後の最後に一丸となって教室の飾りを終えた昨日は、あんなにみんなの熱気が高まっていたのに、いざ本番を迎えた今日はみんなどこか不安げな表情で口数も少ない。

俺も不安でいっぱいだった。二日に分けて売り上げ目標を立てたものの、初日の売り上げは十五時を回った時点で目標の半分にしか到達していなかった。

一番売れているのはアクセサリーとポーチで、主に女子が『かわいい』と口々に褒めながら買ってくれた。それでも目標にはほど遠い。

「今日は十六時までで、明日は片付けがあるから十五時までだし、ちょっと厳しい状況だよね」

大野はカーテンを閉じると、机の上にある電卓を持って計算を始めた。恐らく今後の売り上げ予想と、そこで出た金額によって明日どのくらい売らなければいけないかを算出しているのだろう。

「やってるか～?」

クラスの雰囲気とは真逆の性格のヤツが、右手を上げながら教室に戻ってきた。そのうしろには寺川もいる。

　結城と寺川は午前中店番をしていたので、午後は他のクラスを見て回っていた。

　俺と七瀬と大野はその逆だったので三人で他のクラスを回ろうと誘ったのだけど、七瀬は『ちゃんと売れるか心配だから』と教室から出なかった。そんな七瀬を見て、俺も大野も他のクラスに行って楽しめる気分ではなかったので、結局三人共朝からずっと教室に残っている。

「どうだった？」

「昨日は暖かかったけど今日は急に気温が下がったから、かき氷は全然売れてなくて、逆に焼きそばとかホットドッグとかが売れてたな。パンケーキ屋も人気あったよ」

　俺が聞くと、結城はフランクフルトをかじりながら答えた。

「でさ、ちょっと分かったことがあるんだけど」

　寺川が眼鏡を上げながらしゃべり出し、結城と一緒に机のうしろに移動してきた。

「藤棚の件はポスターに告知が入ってるけど、実はうまく伝わってないんじゃないかな？　『藤《ふじ》の花商店《はなしょうてん》』という名前を見てうちのクラスに来ても、単に藤の花に見立てた飾りをしてあるからそういう名前なんだと誤解しているのかもしれない」

　確かに、売り上げを藤棚復活のための資金にするという一番大切な部分が伝わらなければ意味がない。パンフレットには【藤棚復活へ】という文字も入れたのだが、文字数の関係もあって文面は商品の説明や値段が主だ。

「そこが一番大事なのに、藤棚って言葉を出せばなんとなくこの学校の生徒にならわるって思い込んでいたかも」

難しい顔をして大野が言った。

俺も同じ気持ちだった。恐らく真意がきちんと伝わっていないんだ。

「だからさ、うちのクラスの商品を買ってくれたみんなの力で藤棚が復活するってことを明日はちゃんと伝えようぜ」

結城の意見はもっともなのだが、明日で本当に間に合うのだろうか。もし明日も全然売れなかったら、藤棚のことをアピールしてもみんな無関心だったら……。七瀬を楽しませるどころか失敗に終わってしまう。

「塚本くん」

俺だけに降りかかる不安に胃がキリキリと締めつけられると、七瀬が俺の肩をトンと叩いた。

「大丈夫だよ。みんな今まで頑張って作ってきたんだから、きっと大丈夫」

俺の気持ちを察したかのように、七瀬が微笑みながら言ってくれた。その言葉に、胃に開いた穴が一瞬にしてふさがったような気がした。

「う、うん。だよね、そうだよね」

俺はなんて単純なんだ。七瀬が笑っただけで、不安なんていとも簡単に吹っ飛ぶ。

結局、文化祭一日目は目標の半分の売り上げで終わった。

明日の天気予報は今日と打って変わって快晴、のはず。これまでの俺の思いをすべて、明日にかけよう。


文化祭二日目。昨日の雨はなんだったのかと思うほど、気持ちのいい青空が広がっている。日中の気温も昨日に比べて七度も上昇するらしい。それだけで、わずかに成功の兆しが見えてくる。

学校に到着した俺の目に、結城の姿が映った。校門の前に立ち、めちゃくちゃ笑顔でなにかを配っている。

「おはよう、結城。朝からなにやってんだ？」

「おっす涼太！　見りゃ分かんだろ、宣伝だよ、宣伝」

俺が首をかしげると、登校してきた女子に結城が声をかける。

「おはよー、はいこれ。藤棚復活のために君たちの力を貸してください」

朝からテンションの高い声と爽やかな笑顔で、女子にチラシを手渡した。受け取った女子は結城を見て、「絶対に行きます」と嬉しそうに頬を染めている。

結城の手元にはチラシがあって、そこには【あなたの力で、藤棚を復活させよう！】

と書いてある。

「これ、作ったのか？」

「あぁ、昨日の夜思いついて、家にある紙に書いてプリンターでコピーしたんだ。ちょっとだけどな」

手作り感満載のそのチラシは決して綺麗な字ではないが、俺はなんだか胸が熱くなった。

「結城って顔だけじゃなく、心もけっこうイケメンだな」

思わず口に出してしまった瞬間、結城が俺に抱きついてきた。

「だろー？　もっと言ってもっと言って」

その衝撃で、俺は自転車を倒しそうになってしまった。

「危ね、やめろよ気持ち悪いな！　俺は女じゃないからお前にはときめかねーよ」

だけど俺が女だったら、好きになるかもな。以前の俺なら絶対に思わなかっただろうに、不思議なものだ。

「始まるまでには俺も戻るから、先に教室のほう頼むな」

「おう、任せとけ」

校内に入ると、ナンパをしているかのような結城のチャラい声が背中から聞こえてきて笑ってしまった。

教室では既に登校したクラスメイトが商品を綺麗に並べている。その中には、七瀬と大野もいた。

「おはよう」

俺が声をかけると、ふたり共手を動かしながら「おはよう」と返してきた。

「門のところで結城くんに会った？」

大野に聞かれたので「会った」と答える。

「なんかさ、正直私、結城くんみたいなタイプ苦手だったんだよね。だけどあの人、けっこういい人だよね」

「うん、そうだな」

大野や俺だけじゃなく、他にもそんなふうに思っているヤツはたくさんいるのかもしれない。なにも知らないまま勝手に苦手意識を持っていても、実際付き合ってみると想像と全然違っていたなんてことは、けっこうよくある話だ。

「おーっす。みんな結城に会った？　結城ってほんとすごいな、声かけてチラシ配るとか俺には絶対できないから、正直尊敬するよ」

ほらな。寺川だって、『嫌い』がいつの間にか『尊敬』に変わっているのだから。

結城と寺川と大野が午前中の店番になったので、結果的に俺は七瀬と組むことになった。たまたまそうなったとはいえ、ふたりきりで校内を回れるのは俺にとってはラッキー以外のなにものでもない。

パンフレットを見ながら廊下を歩いていると、やはり昨日に比べて人の数が目に見えて多い。昨日来ようと思っていた人が、今日に変更して来てくれているのかもしれない。

一階のホールで出店している三年生のパンケーキ屋は今日も人気なようで、既に行列ができていた。そんな中、七瀬が食べたいと言ったポップコーンを買うため二年D組に行き、カレー味のポップコーンを購入した。

「キャラメル味を選ぶかと思ってた」

「なんで?」

不思議そうに首を捻る七瀬。

「なんとなく、イメージ的に甘いの選ぶのかなって」

「私、辛《から》い物が好きなんだよね。ていうかむしろ、激辛好きなの」

正直、俺は辛いのが苦手だ。激辛なんてもってのほか。だけど辛い物に慣れるために、ちょっとずつ練習するかな……。

いろんな食べ物の匂いや、あちこちから聞こえてくる声、賑やかで混雑している廊下を人の波をうまく避けながらふたりで歩いた。

「次はどうする？」

俺が聞くと、七瀬は唇を結び考え込んだ。

時間が経つにつれて、進むのが困難なくらい人が増えているようだが、うちのクラスは大丈夫だろうか。ちゃんと売れてるかな……。結城は教室の前で呼び込みをしているはずだし、昨日とは比べ物にならないくらい人もたくさんいるから多分大丈夫だろうけど。でも昨日の売り上げが悪かったせいで、今日は当初設定した個数よりも多く売らなければいけない。

こうして七瀬と一緒に回れることは幸せだけど、俺たちが文化祭を心から楽しむためには、クラスの商品を売って目標を達成しないと。その喜びを、七瀬と一緒に分かち合うために。

「あのさ」

「あの……」

俺と七瀬は同じタイミングで口を開いた。七瀬が先に「なに？」と言ったので、俺は言葉を続ける。

「クラスの様子が気になっちゃって」

正直な気持ちを口に出すと、七瀬が口元に手を当ててクスッと笑った。

「私も同じこと思ってた。戻ろうか？」

「うん。戻ろう」

俺たちは混み合う人の間を縫って引き返した。

「みなさんの力で藤棚を一刻も早く復活させましょ〜！　売り上げはすべて藤棚建設のための費用になりま〜す！」

まだ教室にはたどり着いていないというのに、廊下の先のほうから結城の声が聞こえてきた。俺と七瀬は目を合わせて微笑み、歩く速度を少し上げる。

「お疲れ！」

「おう、なんだよ、もう帰ってきたのか？」

「なんか気になっちゃってさ」

教室の前にいる結城に声をかけてから中をのぞくと、昨日よりもたくさんの人が商品を買いに来てくれていた。アクセサリー班の会計には列までできている。

嬉しくて泣きそうになったけど、まだまだこれからだ。

「どんな感じだ？」

店番をしている寺川のうしろに回ると、そこに置いてあるミサンガの在庫も三分の一くらい減っていた。

「昨日よりは断然売れてるけど、このペースだとまだ厳しいかな」

会計担当の大野が小声で伝えてきた。俺は在庫の袋を見ながら、どうしたらもっと売れるのかを考えた。

結城が呼び込みをしてくれているおかげで、女子を中心に客の数は確かに増えている。でも、それだけだと大野の言う通り、すべて売り切ることはできないかもしれない。特にミサンガは単価が安い分大量に作ったので、完売させるのは余計に難しい。

だとしたら……。

「あのさ、ちょっと思いついたんだけど」

そう言って俺は余っている段ボールの中から机くらいの幅の物を選び、上の部分をカッターでせっせと切り落とした。その間、俺がやっていることを七瀬はジッと黙って見ている。

入れ物のような状態にした段ボールの両サイドにビニールテープを付け、肩からぶら下げた。そこに在庫のミサンガを詰め込む。

俺は、いわゆる弁当を売るみたいな感じで歩いてミサンガを売ることを考えた。

「これ、どうかな？」

俺の問いかけに、大野と寺川が振り返る。

「さっき校内を回ってて気づいたんだ。混んでたりすると入るのをやめてしまったり、並ぶのが面倒なのか、やっぱりいいかって引き返す人がけっこういて。それに廊下も人がいっぱいで目的の店に到着するのも大変そうだったから、こうやって校内を歩きながら商品を売るのもひとつの手かなって」

するとと大野が急に立ち上がって俺に握手を求めてきた。俺はとまどいながらも大野の手を握る。

「すごい、すごいよ塚本くん。それすごくいい考え！ なんていうか塚本くんて絶対こういうアイデアを思いつかないと思ってたから、ちょっと見直した」

「あ、ありがとう」

褒められているのかよく分からなかったけど、どうやら俺の案は好評らしい。寺川にも「いっぱい売ってこいよ」と励まされる。

学校でコピーしたチラシを結城から一枚もらって、俺はそれを自分のシャツの胸の部分に貼りつけた。段ボールには値段と色の説明を書いたため、スペースがなかったからだ。

お釣り用のお金は七瀬が持ってくれることになり、俺たちはふたりで教室を出る。

廊下に出た瞬間、緊張が俺の体を貫いてきた。校内を歩いて売るということは、それなりに声を張らなければいけない。七瀬に大声を出させるわけにはいかないし……。

「俺が売るより、結城が行ったほうが売れるかもしれないな」

思わず本音がポロッとこぼれてしまった。結城は人気があるし、イケメンだし声もよく通る。俺なんかよりよっぽど……。

「なに言ってるの？　最初に案を出したのも、昨日揉めそうになったのをまとめたのも塚本くんでしょ？　私も頑張るから、一緒に頑張ろう」

決意のこもった強い視線を向けられ、俺の心に勇気が灯る。

七瀬の言葉は、俺にとって特効薬みたいなものなのだと実感した。

「分かった。頑張ろう」

Ｂ組を離れて二年の廊下を歩きながら、俺はスーッと大きく息を吸った。心臓はバクバクと音を立てているけど、やるしかない。

「ミ、ミサンガ一本三十円です！　二年Ｂ組の商品を買っていただけたら、えっと、その売り上げはすべて藤棚建設の資金に充てられます！」

大きな声を出すと、その場にいた生徒たちがいっせいに俺のほうを向いた。視線を浴びていることにもちろん気づいていたが、俺はもう一度大きな口を開ける。

「藤棚を復活させるために、みなさまの力を貸してください！」

俺を見ている人たちが、ヒソヒソとなにかささやき合っている。とてつもない緊張で体中から汗がにじみ出るし、心臓の音はまだ止まない。

やっぱり俺なんかが声を上げても……と、つい弱気になっていると。

「みなさんが二年Ｂ組の商品を、一本のミサンガを買ってくださることで、来年は見られないはずだった藤棚が見られます！　ひとつひとつ心を込めて作ったので、お願いします」

俺の心を震わせるような大声を出し、七瀬は頭を下げた。その姿に勇気をもらった俺は、箱を持つ手に力を入れて一緒に頭を下げる。

「あの……」

すると、ふたり組の女子生徒が俺たちに近づいてきた。

「見てもいいですか？」

「もちろん」

七瀬が微笑むと、女子ふたりは俺が持っている箱の中に手を入れミサンガを物色し始めた。上履きの色が青なので一年生だ。

「これかわいい！」

ひとりの女子生徒がハート模様に編んだミサンガを持ち上げ、はしゃぐような弾む声を辺りに響かせた。もうひとりの女子はすごく悩んでいるようで、何本も手に取って色や形を確認している。

「ミサンガって、色によって効果が違うんだって。恋愛だとピンク系で、黄色だと勉強とかお金とか」

七瀬が説明すると、女子ふたりが目を輝かせた。

「え？　じゃーじゃー、かわいくなりたいとかそういうのってありますか？」

少し照れながら、一年生の女子が七瀬に向かって聞いた。

「えっと、水色が美しいとか笑顔っていう意味があるみたいだよ」

その言葉を聞いた女子は、水色と白で編んだV字模様のミサンガを迷わず選んだ。三十円を払った女子ふたり組が嬉しそうに「ありがとうございました」と言ってきたので、俺と七瀬は顔を見合わせたあと、笑顔で「ありがとうございました」と返した。

そのふたり組を皮切りに、興味を示した生徒たちや外部の人たちが次々にミサンガを購入してくれた。二年の廊下を通り抜ける間に、箱に入っていたミサンガはすべて売り切れてしまったので、俺たちはいったん教室に戻ることにした。

「どうだった？」

教室にいる寺川に聞かれ、俺は空になった箱をみんなに見せた。俺を囲んでいたクラスメイトがワッと沸き、拍手を送られる。

「歩きながら売るのはけっこう効果があるかもしれない。小物類なら箱に入れて運べるから、アクセサリー班、手芸班、マスコット班は手の空いている人がいたら同じようにやったほうがいいよ」

俺の言葉を聞いた他の班も、早速段ボールを切り始めた。俺と七瀬は空になった箱に再び在庫のミサンガを入れる。

「頑張れよ、リーダー！」

教室を出る時に結城に思いがけないエールを送られたので、「誰がリーダーだ」と突っ込んでから再び七瀬と一緒にミサンガを売りに出た。

リーダーなんて、今までの人生で一度も言われたことはない。俺はこの文化祭で初めてやる気を出しただけなので、クラスのリーダーはやっぱりどう考えても結城だと思う。だけどその結城にリーダーだと告げられたのは、少し嬉しい。

その後、三階と一階、そして校庭と第二校舎を回り、最後は中庭でミサンガを売って歩いた。箱が空になってミサンガを補充するということを四回繰り返している間に、アクセサリーと手芸品とマスコットは完売していた。

中庭ではＰＴＡがバザーをやっている。その真ん中にはぽっかりと空いた空間。

こうして改めて見ていると、藤棚がないのはやっぱり寂しい。たった二、三ヶ月しか花は咲かないけど、立派に伸びたつるさえあればまた来年も見られるのだという希望になる。

「あと二本だね」

七瀬が箱をのぞき込んだ。

俺の首から下げている箱に残っているのは、赤とピンクで編んだミサンガと黄色とオレンジで編んだミサンガの二本。

遥《はる》か遠いところまで広がる澄んだ青空を仰ぎ、俺は息を吸い込んだ。

「ミサンガ、残り二本です！　あなたの力で、またここに藤棚を建てましょう！」

だんだんと声を出すことに抵抗がなくなり、今ならどこまでも声を届けられる気がした。

「ミサンガだって」

中学生くらいの女の子とそのお母さんらしき人が俺たちの前に立ち、箱の中のミサンガを眺めている。そして最後の二本を買っていってくれた。時刻は十四時、ミサンガは無事に完売。

「ありがとうございました！」

俺と七瀬は今日一大きな声でお礼を言って空になった箱をしばらく見つめたあと、今日一番の笑顔をお互いに向けた。

「やったね、塚本くん」

「やったな。てか正直、本当に全部売り切れるなんて予想してなかった」

「私は思ってたよ。みんなあんなに頑張ったんだもん、目標は絶対達成できるって信じてた」

七瀬の柔らかな優しい笑顔に、目頭が熱くなった。ちょっと気を抜いたら涙が出てしまいそうだ。だから俺は唇を強く噛んでうつむき、必死に耐えた。

「あの……ちょっといいかな」

ハッと顔を上げると、ふたりの女子が声をかけてきた。見たことがあるので、多分隣のクラスの女子だ。

「ミサンガって、もうないですか？」

顎くらいの長さに切りそろえられた髪型の、小柄で大人しそうな女子が聞いてきた。

「あ、うん。たった今完売しちゃって」

するとその女子は眉を下げ、この天気に似つかわしくないほど表情をどんよりと曇らせた。ガッカリ肩を落とす女子に、もうひとりの背の高い女子が励ますように背中に手を当てながら「やっぱ自分で作ったほうがいいって」と言っている。

「どうしたの？」

七瀬が聞くと、小柄なほうの女子が顔を上げた。

「B組に行ったんだけど教室にはもうなくて、そしたら歩いてどこかで売ってるっていうのを結城くんが教えてくれたから探したの。不器用だから自分では作れなそうだし、欲しかったんだけど……」

買いたいって思ってくれたのは本当にすごく嬉しいけど、残っているミサンガはないので売ることはできないし……。

「もしよかったら、今から作ろうか？　まだ時間あるし、せっかく探してくれたのに買ってもらえないのは私も嫌だから」

俺が黙っていると、七瀬が女子に向かってそう言った。七瀬の気遣いに感心しながら「一本ならすぐにできるよ」と俺もその考えに賛同した。

「でも、ミサンガって確か願いを込めながら編むんだよね？　それで願い事をしながら手首とか足首に結んで、切れたら願いが叶うっていうやつ」

背の高い女子が俺に向かって聞いてきた。

「うん。そうだけど」

俺が返事をすると、背の高い女子は首を捻った。

「だったら他の人が編むんじゃ意味がないんじゃない？　本人がやらないと」

ミサンガを売っている間、誰からもそのことについて聞かれなかったけど、彼女の問いに対しては考えなくても答えられる。

「意味はあるよ。俺たちはミサンガの一本一本に願いを込めて編んだんだ。〝これを買ってくれた人の願いが叶いますように。この一本が、誰かの思い出に変わりますように〟って。決して適当に編んだわけじゃないから」

俺だけじゃなくて、七瀬や他のヤツらもきっと同じ答えだと思う。

「あの、お願いしてもいいかな？」

買いたいと訴えていた女子が、七瀬の目を見て言った。

「もちろんです。何色にしますか？　基本的には好きな色でいいみたいだけど、色によって効果とかもあるみたい」

するとその女子がなにやら七瀬に耳打ちをしたあと、肩をすくめて頭を下げた。

「分かりました。心を込めて編みます。できあがったら教室に届ければいいかな？」

「うん。よろしくお願いします」

ふたりの女子が去っていき、俺たちは急いで教室に戻った。その間何度も「さっきなにを言われたの？」と七瀬に聞いたけど、七瀬は絶対に口を割らなかった。多分、内緒にしてほしいと告げられたのだろう。

校舎に入ると、あれだけたくさんいた人の数が一気に減っているように感じた。廊下が随分歩きやすくなっている。材料がなくなったのか、一階のホールで売っていたパンケーキ屋は既に片付けを始めていた。

階段を上がり、教室の前に立った俺の目に飛び込んできたのは、ドアに貼られている白い紙。【おかげさまで、全品完売】という文字が書かれていた。

教室の中、ズラッと並んだ机にはなにも残っていなかった。教室に残っていたのはミサンガ班の三人だけ。

「こっちも全部完売したぞ！」

俺の言葉に、結城は「よっしゃー！」と大声を張り上げ、大野は「売って歩くの大変だったでしょ？　お疲れ様」とねぎらってくれ、寺川はうしろを向いて小さくガッツポーズをしていた。

「ていうかみんなは？」

「あぁ、今日はずっと店番とか売ることに全力を注いでたから、他のクラスを見に行ったり食料調達に行ったよ」

結城の言葉にうなずいた瞬間、お腹から空腹を知らせる音が鳴った。そういえば、俺たちもポップコーンを食べたきりだった。

「塚本くん、私早速編むね」

「あ、うん。よろしくね」

七瀬は残っている刺繍糸を物色したあと机を窓のほうに向けて置き、俺たちに背を向けるようにして座った。集中して編みたいからだろう。

「栞、どうしたの？」

大野が七瀬のほうをチラチラ見ながら聞いてきたので、俺はさっきの女子とのやり取りを三人にも話した。

「完売はしたけど、今七瀬が編んでいるので本当のラストだな」

俺が言うと、三人はそろって嬉しそうに顔をほころばせた。

七瀬がミサンガを編んでいる間、俺たちはただ座って終わるのを待った。お腹はグーグー鳴っていたけど、すべて終わったあとにみんなでなにか食べたいと思ったからだ。

三十分が経過した時、七瀬の「できた」という小さな声が聞こえてきた。四人で七瀬のもとへ駆け寄る。

できあがったミサンガは、ピンクと緑と白で編んだ、ハート模様のミサンガだった。一見アンバランスな色の組み合わせに見えるけど、その秘密は七瀬とあの女子との間で交わされた耳打ちの中にあるのだろう。

「待ってると思うから、届けてくる」

「俺も行くよ」

三人に「よろしく」と手を振られ、俺は七瀬と一緒に隣のC組に行った。

C組はお化け屋敷をやっていたけど、教室の中では片付けが始まっていた。ドア付近で顔面血だらけの男子に出くわし、俺は驚いて「うわっ」と声を上げてしまった。

「すみません、内田《うちだ》さんいますか？」

けれど七瀬は少しの動揺も見せずにその血だらけの男子に聞いている。

「内田？　ちょっと待って。おーい！　内田ー！　呼ばれてるぞー」

血だらけ男子が声をかけると、教室の奥からさっきの女子がやってきた。

「約束のミサンガができました」

俺のほうをチラッと見た内田さんは、ミサンガを持っている七瀬の手首をつかんで俺から離れた。なんとなく追ったらいけないのだろうなと思い、俺はその場に留《とど》まってふたりの様子を見つめる。

七瀬がミサンガを差し出し、内田さんは目を輝かせながらミサンガを受け取っている。何度も何度も頭を下げる仕草に、本当に嬉しいのだなという気持ちが伝わってきて、俺はひとりでニヤケてしまった。

最後にもう一度頭を下げた内田さんは、ミサンガをブレザーの内側のポケットに入れて教室に入っていった。

「最後のミサンガ、無事渡せたよ」

俺のもとに戻ってきた七瀬はそう言って、内田さんと同じような笑顔を浮かべた。その笑顔を見て、俺は自分のブレザーのポケットに入っている物をギュッと握りしめる。

「あ、あ、あのさ、ちょっとだけいいかな？」

「なに？」

俺は七瀬と一緒に教室とは反対の方向に足を進めた。誰もいない場所を探すのは大変だけど、できるだけ静かな場所がいい。そう考えながら廊下を歩いていると、右側にある数学準備室が目に入った。

誰もいないようだったので、俺は忍者のようにスッと中に入る。

「どうしたの？」

首をかしげる七瀬を前にして、俺はブレザーのポケットから取り出した物を七瀬に見せた。

「これ……あのさ、よかったら、その……七瀬に、と思って」

それは、俺が最初に編んだ薄紫と水色と白のミサンガ。七瀬に渡すと決めて編んだものだ。

「え？　私に？」

目を大きく開いて瞬きをする七瀬。

「うん。あの、色とか気に入らなかったらごめんだし、俺が最初に編んだやつだからあんまり綺麗じゃないけど」

すると七瀬は、俺の手のひらからミサンガを受け取った。

「ありがとう。嬉しい。じゃーお返しに、これどうぞ」

今度は七瀬がポケットからなにかを取り出して俺に渡した。緑と黒でV字模様に編まれたミサンガだった。

「うそ、え、これ俺に？　七瀬が？　本当に俺に？」

何度も確認する俺を見て、七瀬はクスッと笑って何度も「そうだよ」とうなずいてくれた。

「ありがとう、ほんと、ありがとう。絶対大事にするから」

両手で包み込むようにミサンガを持ち、強く握った。

七瀬が俺にミサンガを編んでくれるなんて、俺にとってはこれ以上ないほどの奇跡だ。

俺たちは早速その場でミサンガを手首に巻き、何度も自分の手首を眺めたあと、教室へ戻った。

七瀬が内田さんからもらったお金を大野に渡すと、大野は集金用の缶を机の上に置いた。

俺と七瀬がお互いに交換した分のミサンガ代を財布から出して缶に入れる。するとその直後、結城と寺川と大野もそれぞれ三十円を缶に入れた。

「え？　なに、お前らも買ったの？」

「当たり前だろ。一本自分用に取っておいたんだ」

結城が答えると、三人はそろって袖をまくり、腕を前に突き出した。それぞれの手首には既にミサンガが巻かれている。

それを見た俺と七瀬も、袖をまくって腕を前に出した。五本の腕が輪になるように並んでいて、手首にはミサンガ。まるで、俺が描いたポスターそのものだった。

「ぷっ！　ヤバい、なんかウケる！　こういうのって今しかできないし、最高じゃん！」

結城の言葉に俺たちは顔を見合わせる。そして次の瞬間、高らかな笑い声が教室内に響いた。お互いがお互いの顔を見ながら、お腹を抱えて笑い合う。

なんだよこれ、俺今、青春してるじゃん。そんなもん俺には絶対に訪れないだろうし、いらないと思ってたのに、すげー楽しい。胸がワクワクして、感動して、本気で泣きそうだ。

今なら泣いても笑いすぎただけだと思われるだろうから、少しくらいはいいよな？目を潤ませたって、涙をぬぐったって、誰も気づかない。

右手でゴシゴシと目を擦ると、寺川も同じように笑いながら両手で目を擦っていた。結城は大爆笑していて、大野は完全に泣いている。そんな大野の肩に手を置いた七瀬は、とても楽しそうに微笑んでいた。

七瀬の心の中には、この文化祭というものが色濃く残ったはずだ。きっと楽しませてあげることができたに違いない。だから絶対に大丈夫だ。七瀬が大切にしている妹さんと家族との思い出は、きっと失われない。

「なに笑ってんだー？　廊下にまで聞こえてきたぞ。ほら、買ってきたからみんなで食べようぜ」

木材班の男子が両手に袋を持って教室に入ってきた。他のクラスメイトも続々と戻ってくる。

「マジ気が利くじゃんか」

結城が受け取った袋の中には、焼きそばが入っていた。他にもたこ焼きやポップコーン、フランクフルトなどの食べ物がずらりと机の上に並ぶ。

俺たちB組は立食状態でそれらを食べながら、思い思いに会話を弾ませる。

七瀬の周りには女子が数人集まっていた。大野が心配そうに七瀬の様子を見守る中、小さく頭を下げる七瀬の姿が見えた。周りにいる女子たちは七瀬になにかを伝えたあと、笑顔を見せた。

俺にはその会話は届いてこないけど、きっと今までのことを七瀬は謝ったんじゃないかと想像した。

『いろいろあって、今までずっとみんなに素っ気ない態度を取ってしまったこと、本当にごめんなさい』

『もう気にしないでいいよ。文化祭一緒に頑張ったんだし』

そんな女子たちの声が聞こえてくるようだった。

俺はフランクフルトを持ちながら、窓の外を眺めた。

中庭の様子がよく見える。片付けを始めていて、門の前で写真を撮っている生徒も何人かいた。

来年には、あの場所に新たに設置された藤棚が見られる。綺麗な薄紫色の花を咲かせたら、あの場所で七瀬に好きだと伝えよう……。

第四章　君にさよなら

文化祭のあと、カラオケでクラスの打ち上げをすることになったのだけど、七瀬は来なかった。多分体調の問題もあるだろうし、二日間頑張って疲れてしまったのかもしれない。

残念だったものの七瀬とはまた後日、別の日に打ち上げをすればいいと思った俺は、その夜、思いきって七瀬にメッセージを送った。

【七瀬は打ち上げ来られなかったから、その代わりってわけじゃないけど、今度また一緒にどっか出かけない？】

すぐに返事が送られてきたのだが、その文面にはどこか心に引っかかるものがあった。

【ごめんなさい。今は予定が分からないので】

だけど大したことではないと、そこまで気にはしていなかった。明日になったらまた聞けばいい。そのくらいの軽い気持ちだったのだが……。

その時覚えた少しの違和感が、翌日から大きな違和感へと変わっていった。

「おはよう」

文化祭から三日経った日の朝、教室に入った俺はいの一番に、座っている七瀬に挨拶をした。けれど七瀬は俺と目を合わせることなく、小さくうなずくだけだった。

席に着いて前を見ると、登校してきた女子が隣の席に座りながら「おはよ〜」と七瀬に声をかける。七瀬は笑顔で返事をしていた。

チャイムが鳴るまでの間、七瀬は挨拶をしてきたクラスメイトの目をちゃんと見て、声に出して「おはよう」と言っていた。

文化祭が終わってからのこの三日間、七瀬はなぜか俺にだけ素っ気ない態度を取るようになった。どれだけ話しかけても笑顔を見せてくれない。近づいても、すぐに逃げられてしまう。

どうして俺にだけ？　考えても分からなかった。

昼休みになると、俺は教科書を片付けることもせずに立ち上がった。そして七瀬の席へ向かう。

「あのさ、七瀬。昼、中庭で食べない？　あの、もちろん寺川とかも一緒に」

「ごめん。約束があるから」

教科書をしまいながら、七瀬は俺に目もくれずにカバンを持ち上げて席を立った。

「あ、それなら……」

次の言葉を発する時間なんて与えてくれない。七瀬は俺から逃れるように、一直線に廊下側にある大野の席に行ってしまった。

仕方なく、俺は自分の席で弁当を食べた。文化祭の準備期間は五人でよく弁当を食べていたけど、まるで遠い昔のことようだ。

文化祭が終わるとそれぞれ通常の学校生活に戻っていったのだが、結城との関係は以前と少し違う。突然くだらないメッセージを送ってきたり、教室でも話をする機会が以前よりは格段に増えた。

それでもやっぱり結城を取り囲んでいるのは目立つタイプのグループだけど、結城は多分俺たちのことを友達だと思ってくれているはずだ。俺たちも、結城は友達だと自信を持って言えるから。

そうやってちょっとずつ自分たちや周りとの接し方が変わってきたが、七瀬との関係は、それらを遥かに超えるくらい劇的に変化した。いや、違うな……。元に戻ったと言ったほうが正しい。

俺と七瀬との間にだけ、大きな見えない壁が立ってしまっていた。

「はぁ……」

大きなため息をつくと、寺川が振り返った。

「またため息かよ。お前さ、知らない間になんかしたんじゃないの？」

ハッキリと口に出したわけではないけど、寺川も気づいているのだろう。俺と七瀬の関係が少しおかしいことに。

昨日は帰り際、大野に『ケンカでもしたの？』と聞かれた。もちろん、していない。

むしろ、文化祭が終わってからまともに話もしていないのだからケンカのしようがない。

だったらなんで、どうして七瀬は俺に冷たいんだ。そんなこと分かるわけがない。なにもしていないし、怒らせた覚えもないのだから。

この三日間、俺はこうしてずっと自問自答を繰り返していた。

「マジでなにもなかったのかよ」

「ないから悩んでるんだろ」

今日は天気がいいので、昼休みを教室で過ごしているクラスメイトは少ない。七瀬も大野と一緒に中庭に行ったのだろう。

どうして、と考えるのももう虚《むな》しくなってきたのだが、考えるなと言われても無理だった。急に冷たくされたとしても、七瀬を好きな気持ちはちっとも変わらないのだから。

もしかしたら、両親とのことで俺が出すぎた真似をしてしまったことを本当は怒っていたのかもしれない。もしくは、本当は文化祭を楽しんでくれていなかったとか。

毎日話しかけてはいるけど、これ以上しつこくしたら嫌われる可能性もある。そうなるくらいなら、ただ見ていただけの関係に戻ったほうがいいのかも……と、以前の俺ならそういう考えに至っただろう。けれど今の俺は、一瞬たりともそんなことは思わなかった。

嫌われるのを覚悟で、俺は七瀬に聞かなくてはいけないんだ。『今、一番大切な思い出はなに？』と。

もし七瀬が文化祭だと答えてくれたら、忘れたくない記憶は守れたということ。けれど、もし今も繰り返し考えてしまうのが家族旅行の思い出だとしたら、手術までの間にまた別の方法を考えなければいけない。七瀬の大切な記憶を守る方法を。

それにはまず、いつ手術をするのかを知る必要があるのだが、その手立てが思いつかない。

「あー！　どーすっかなー」

伸ばした両腕を頭のうしろで組み、天井を見上げた。

「聞けばいいじゃん。なんか怒ってる？　って」

それが一番早いのだが、声をかけても逃げられてしまうので話ができる状態じゃない。

「んー」

うなり声を上げながら机の上に腕をのせて顔を伏せると、左手首につけた緑と黒のミサンガが俺の心を大きく揺さぶってくる。

あの時は確かに喜んでくれたのに。俺も、自分史上最大の喜びを味わったのに。ミサンガによって少しは気持ちがつながったと思ったんだけどな。結局、俺の独りよがりだったのかもしれない……。

週末までの残りの三日間、結局一度も七瀬とは話ができなかった。変わらず俺の目は見てくれないし、話しかけても逃げられてしまう。

身に覚えはないけど、寺川が言うように知らない間になにか七瀬を怒らせるようなことをしたのかもしれないな。

土曜日の午前授業が終わって家に帰ってきてからずっと、俺はベッドの上に寝転んでいた。動く気力がない中、ベッドの下に置いたカバンの中に手を入れる。手探りで見つけた携帯を取り出すと、結城からメッセージが届いていた。そういえば、マナーモードにしたままだった。

【あのさー、明日暇？】

唐突だが、一瞬悩んで【暇に決まってるだろ】と答える。きっと遊びの誘いだろうけど、こうして家の中にこもっていても気持ちが滅入《めい》るだけだからちょうどいい。

【プチ旅行行こうぜ】

【どこに？】

随分突拍子もない提案だけど、俺は普通に返事を返す。

【行き先は、神のみぞ知る】

今の俺には一緒になってふざける余裕はいっさいない。

【ふざけてないで、どこだよ】

【秘密～。当日までのお楽しみってことで】

結城らしいなとは思うけど、まぁそういう経験をするのもたまにはいいのかもしれない。プチだとしても一応旅行と言っているのだから、近所というわけではなさそうだし。

【まーいいけど。北海道《ほっかいどう》とかは無理だぞ】

【分かってるよ。とりあえず、朝八時集合な。絶対遅刻するなよ！】

【了解】

携帯をベッドの横に置き、深いため息をついて目をつむった。

常にテンション高めの結城と一緒にプチ旅行をしたら、きっと帰る頃には体中疲労《ひろう》困憊《こんぱい》だろう。でも、元気がない俺のことを気にしてあえて誘ってくれたのだとしたら、ありがたい。

いい機会だから結城に相談してみるのもありかもしれない。俺が七瀬を好きなことは誰にも言っていないので、多分驚くだろうな。

翌朝、長袖のTシャツにジーンズといういつものスタイルに着替え、リュックを背負った。なにを持っていけばいいのか分からなかったので、リュックの中にはパーカーとタオルと財布を入れた。

いくら使うのかも不明だから、お金は一応多めに入れることにした。俺は物欲もなく金遣いも荒くないので、貯めようと思ったわけではないのだが、貯金箱にはいつの間にかけっこうお金が貯まっていた。

行き先を明確に伝えられないから、母親には結城とプチ旅行に行くとだけ伝えた。スニーカーを履いて家を出た俺は、待ち合わせの駅を目指す。

少しもやのかかった青空からは、光線のような朝日が降り注いでいる。全国的に晴れると言っていた天気予報が外れなければ、旅行日和《びより》となりそうだ。

電車内は空いていたけど、俺は座らずにドアに寄りかかった。休日に朝から出かけるのは、神社に行った日以来だ。七瀬と一日一緒に過ごしてたくさん笑った日のことが、もうずっと遠い過去の出来事のように思える。

俺のことだから、きっと気づかないうちに七瀬に嫌われるようななにかをしてしまったのだろう。それしか考えられない。

「はぁ……」

ここ一週間、口を開けばため息ばかり出ていたけど、今日は結城のテンションについていくくらいの気持ちで楽しもう。

移りゆく街並みをボーッと眺めながら目的の駅に到着すると、そこから乗り換えてさらに四駅先で電車を降りる。

地元の駅とは比べ物にならないほど大勢の人が交差している構内では、大きなスーツケースを引く外国人もちらほら見受けられる。新幹線が止まる駅なので、旅行客もいるのだろう。

この駅が待ち合わせということは新幹線に乗るのだろうなと想像できたけど、行き先が分からないというのもけっこうワクワクする。

新幹線と言えば駅弁なので、どんな弁当を買おうか考えながら待ち合わせの改札へ到着した。キョロキョロと辺りを見回しても、結城らしき人物は見当たらない。俺は改札とコンビニの間にある柱の前で待つことにした。

ポケットから携帯を出すと、待ち合わせまではあと五分。

遅刻するなと言っておきながら、まさか自分が遅刻するパターンか？　そう思って顔を上げた瞬間、信じられない人物が目に飛び込んできた。

なんで……七瀬……？

黒いパンツにジャンパーにスニーカー。珍しくスポーティーな服装なので、やはり俺の勘違いか？

幻かと一瞬思われた七瀬は、改札の近くまで来て立ち止まり、視線をさまよわせている。

そういえば、プチ旅行に行こうと誘われただけで、一緒に行くのが誰なのかを結城は言っていなかった。だからてっきり俺はふたりで行くものだとばかり思っていたけど、もしかしたら……。

携帯を握りしめたまま、俺は少しずつ七瀬に近づいた。七瀬は俺がいることを知っていて来たのか、それともなにも聞かされていないのか。可能性としては、後者のほうが高い。きっと俺が来ると知っていたら、七瀬は来なかっただろうから。

もし俺がこのまま七瀬に声をかけたら、逃げてしまうかもしれない。結城がどんなふうに七瀬を誘ったのかは分からないけど、リュックを背負っているということは、行く気があるから来たに違いない。そう考えたら、俺がこのまま黙って引き返すほうが七瀬にとってはありがたいはず。だけど……。

悩んでいると、視線の先にいる七瀬と目が合ってしまった。俺に気づいた七瀬は、大きく開いた目をすぐに逸らしてうつむいた。七瀬とふたりで出かけた日は俺を見つけて手を振ってくれたのに、そんな七瀬の行動に胸が苦しくなった。泣きたいくらい心が痛くなる。

だけど、このままではきっとなにも変わらない。そう決心した俺は七瀬に近づいた。

「お、おはよう。天気いいね」

小さくうなずき困ったように眉根を寄せている姿を前に、俺の心臓がズキズキと痛む。

けれどこんな痛みなんて、大きな病気を抱えている七瀬と比べたらどうってことはない。

「あのさ、もしかして……俺がいるって知らなかった？」

一瞬だけ顔を上げて首を縦に振った七瀬。

「実はさ、俺も誰が一緒に行くとか聞いてなくて、勝手に結城とふたりだと思ってたからビックリしたよ」

少し笑ってみたけど、七瀬の表情は変わらない。やっぱり、俺がいないほうが七瀬はいいのかもしれない。

自分のことよりも、七瀬が楽しめるかどうかのほうが大事だ。

帰る旨を結城に連絡しようと携帯を持った時、結城からメッセージが届いた。

【無事、会えたかな？　今日のプチ旅行、俺は行けません。ちなみに七瀬には大野も来ると伝えてあるけど、もちろん来ません】

「……はぁ!?」

メッセージを読んだ俺は、思わず声を上げた。

【文化祭が終わってからお前たちの関係がおかしいことにはもちろん気づいていたので、これはちょっとしたお節介《せっかい》だ】

こいつはなにを言っているんだ。チラッと七瀬に視線を向けると、疑いの目で俺を見ている。

【なにがあったか知らないけど、このままでいいとは思ってないんだろ？　だったら本人に直接聞くしかないよな。このプチ旅行は、ふたりが本音をぶつけ合うために俺が考えたサプライズだー！】

いや、サプライズって普通嬉しいことに使うものだろ。俺はいいとして、七瀬にとってはきっと迷惑以外のなにものでもない。

【俺が見ていた限りでは、七瀬がクラスに溶け込めるようになったのは涼太の力があったからだ。どんな魔法を使ったのかしらないけど、俺が毎日声をかけてもちょー素っ気なかった七瀬が、涼太には心を開いた。つまり、そういうことだ】

そういうことって、どういうことだよ！

結城の言葉の意味は理解できないが、俺はもちろん魔法なんて使っていない。ただ、好きな人を助けたいと思っただけだ。

【お前ならできる！　ちなみに七瀬の行きたいところを事前にリサーチ済みで、チケットは大野の分も持っててほしいと言って二枚七瀬に預けてある。以上、頑張れよ！

※金はあとで返せよ】

なんて無責任な。しかも、どんだけ用意周到なんだよ。でも、おかげで少しだけ勇気をもらえた気がする。

携帯をポケットに入れた俺は、七瀬を見た。

「あのさ、今結城から連絡があって、どうやら結城も大野も来ないらしいんだ」

「えっ……?」

とまどいを隠せない七瀬は、うつむいたまま目を泳がせている。

「俺もビックリしたんだけど、でも新幹線のチケットは七瀬が二枚持ってるんだよね? だったら行かない?」

今にも破裂しそうなほど心臓が音を立てているけど、俺は心を落ち着かせて七瀬に伝えた。

「ごめん。私は……」

そう言うだろうことも分かっている。だけど俺は覚悟を決めた。

「七瀬がどうして俺に冷たくするのか正直理由は分からない。散々俺が振り回しちゃったから、それで嫌になったのかもしれない。でもひとつだけお願いを聞いてほしいんだ」

久しぶりに目が合うと、七瀬の瞳が濡《ぬ》れたように光って見えた。

「今日だけ、今日一日だけ一緒にいてくれないかな？　七瀬と一緒にいたいんだ。そしたらもうしつこく七瀬に声をかけたりしないから。七瀬が嫌だというなら、もう近づかない。だから……」

数秒、いや数分だったかもしれない。沈黙が続いたあと、頭を下げた俺の頭上に「……分かった」という七瀬の小さな声が届いた。

「ほんとに？　よかった。ありがとう」

心底ホッとしている俺を見て、七瀬が唇の端を少し上げた。わずかに微笑んでくれるだけで、俺の心は簡単に躍り出す。

早速チケットを確認すると、行き先は軽井沢《かるいざわ》だった。七瀬は軽井沢に行きたかったということだろうか。

あまり根掘り葉掘り聞くと気が変わってしまうかもしれないので、なにも言わずにそのまま新幹線乗り場へ向かった。

俺たちが乗る新幹線はまだ到着していなかったけど、ホームには既に人が並んでいるので俺たちも並ぶことにした。

最後に新幹線に乗ったのは多分小学生の頃だったから、かなり久しぶりだ。まさかふたりで新幹線に乗ってプチ旅行に行くなんて予想していなかったけど、ここまでくると結城には感謝しかない。

三十分ほど待ったところで新幹線が到着し、自由席に乗り込んだ。ふたつ並んでいる空席を見つけて荷物を置いた俺は、うしろを振り返る。

「七瀬は窓際と通路側、どっちがいい？」

そう聞くと、「窓際」と七瀬が答えたので先に七瀬を奥の席に通し、俺が通路側に座った。

「荷物、上に置く？」

「下で大丈夫」

七瀬が自分の足元にリュックを置いたので、俺もならった。

俺から目を背けるように、七瀬はずっと窓の外を見ている。まだ停まっているため、綺麗な景色なんてない。そこにあるのはホームと電車を待つ人だけなのに。

「そうだ、なんか飲む？　まだ出発しないから、俺買ってくるよ」

「今はなにもいらない。ちょっと眠いから……」

「え？　あ、うん」

窓のほうに自分の頭を預けて、七瀬は目をつむってしまった。

新幹線の中で少しは話せるだろうという俺の期待は、はかなく散った。軽井沢までの約八十分間、七瀬がずっと眠っていたからだ。

こうなったら俺も寝てしまおうと思ったのだが、時々七瀬の寝顔をチラッと見ながら今後のことを考えていたせいで、結局一睡もできなかった。考えていたといっても、答えの出ない疑問ばかりだったけど……。

軽井沢駅に着き外に出た俺は、少しひんやりとした空気を吸い込む。

「七瀬は軽井沢に来たかったんだよね？　どこか目的の場所とかあるの？」

リュックを開けてパーカーを取り出しながら聞くと、七瀬はポケットから携帯を取り出し、画面を俺に見せてきた。

「私、ここに行きたいの」

画面に写っていたのは、山の上から眺めているような見晴らしのいい景色だった。

「これは……なんて読むの？」

「碓氷《うすい》峠《とうげ》見晴台《みはらしだい》」

そう答えてから携帯をポケットにしまった七瀬。

「へぇー、初めて聞いた」

「昔、家族で来たことがあって……」

七瀬の言葉に、俺はパーカーを羽織っている手を止めた。

家族で……それってまさか、七瀬が一番大切な思い出だと話してくれた、家族旅行のことか？

俺がパーカーを着てリュックを背負い直している間に、七瀬はスタスタと足を進めてタクシー乗り場に向かった。

「あ、ちょっと待って」

急いであとを追ってふたりでタクシーに乗り込むと、「碓氷峠までお願いします」と七瀬が運転手に伝えた。

タクシーの中でも七瀬は窓の外に視線を向けているけど、ここまで来たらもうあれこれ考える必要はないのだと俺は自分に言い聞かせた。

どうせ嫌われているのなら、これ以上なにを思われようと関係ない。今後同じ手は通用しないだろうし、こんなチャンスはきっと二度と訪れない。これが七瀬とふたりきりでいられる最後の時間だというなら、その時間を一秒たりとも無駄にはしたくなかった。

「文化祭、大成功でほんとホッとしたよ。三学期になったら完成した新しい藤棚が見られるね。楽しみすぎて冬休み中に見に行っちゃうかも。そうだ、三年生になったらクラスが変わるけど、俺は今のままがいいな～なんて思ったりして。あ、でも寺川と三年間一緒っていうのはちょっとアレだよな。ていうか、藤の花が咲いたら、今まで以上に昼休みの中庭争奪戦がすごいだろうな」

七瀬はずっと窓の外を見たままで、もう完全にひとり言だ。それでも、ただ黙って時が過ぎるのを待つよりずっといい。

「これから行くところって、もしかして前に七瀬が話してた一番大切な思い出がある場所？」

思いきって聞いてみると、七瀬が初めてこちらを向いた。なにか言おうと口を開いた時、「着きましたよ」とタクシーの運転手さんが声をかけてきた。正直タイミングが悪いと思ったけど、運転手さんに罪はない。

駅から約十五分で目的地に到着すると、多くの自然に囲まれた場所には立派な木造の門が建っていた。屋根が付いていて、門の右側には【見晴台】と書かれている。

「なんかすごいね。ここが見晴台なの？」

「ここから三キロ歩くと見晴台があるの」

門を見上げながら七瀬が言った。

「三キロ？」

その距離に、思わず声を上げてしまった。でも行かないという選択肢があるはずもなく、俺は歩き始めた七瀬の少しうしろをついていった。

前を行く七瀬は周りを観察するように左右に顔を動かし、時折足を止めたりしながらゆっくりと進んでいる。きっと、いろいろと思い出すこともあるのだろう。

左右に木々が茂る石畳の遊覧歩道は、その青々とした葉が太陽の光を浴びて輝きを放ち、とても綺麗だ。紅葉の時期にはまだ少し早いけど、赤みを含んだ葉も所々見られる。さらに澄んだ空気に包まれながら秋の虫が合唱を始めたりと、どこか非現実的な時間の中にいるような気持ちになった。

少し坂がきつかったけど、七瀬のペースに合わせてゆっくり歩いていたので足の痛みはない。

五十分ほど歩き徐々に視界が開けてきて、開放感のある広場に到着した。七瀬はそこで足を止める。

「ここが、見晴台?」

七瀬の背中に向かって聞く。

「そうだよ」と言って振り返った七瀬の顔には、笑顔が戻っていた。

何度も見た笑顔なのに、もう何十年も見られていなかったかのように胸がドキドキと高鳴る。

俺たちは鎖で遮られているギリギリの場所に立ち、見晴台からの景色を眺めた。

「あれが浅間山《あさまやま》と妙義山《みょうぎさん》で、向こうのほうに町並みも見えるでしょ?」

声を弾ませながら、七瀬が遠くを指差した。その横顔は少女のように無垢《むく》な笑顔で、きっと七瀬自身が子供の頃に両親からそうやって説明を受けたのだろう。

「あんなに遠くまで見えるなんて、すごいな」

延々と続く山々の波、その上には白と青のグラデーションが見事に空を埋め尽くしている。どこを見ても続いている自然の大パノラマに、しばし言葉を失った。

「んーっ!!」

大きな声を吐き出し、腕を高く上げて伸びをした七瀬。

「空気も綺麗だし、景色も見られたし。またここに来られてよかった。帰ろうとしてた私を引き留めてくれて、ありがとう」

顔に喜びをみなぎらせながら感謝を伝えてきた七瀬。

「あ、いや、俺はなにも……」

「それと、ごめんね。私、塚本くんに対してひどい態度だったでしょ？」

驚いた俺はぽかんと口を開けて七瀬を見た。まさか七瀬のほうからその話題に触れてくるとは思わなかったからだ。

「あぁ、えっと……そうだね。嫌われたのかなって、正直不安だった」

「嫌いになんてなるわけないよ」

七瀬は遠く広がる景色にまっすぐ視線を伸ばした。

「塚本くんの言う通り、ここは私の一番大切な思い出がある場所なの。この景色を見た瞬間、なんか吹っ切れた」

やっぱり、そうだったんだ。だけどここに来たことで、七瀬の思い出がまた鮮明によみがえってしまったのではないかと心配になった。

「あのさ、ひとつ聞きたいんだけど。七瀬にとって一番大切な思い出は、今も変わらない？　だから、今日ここに来たの？」

俺の質問に少し視線を下げた七瀬は、そのまま小さく首を横に振った。

「大切な思い出に変わりはないけど、今一番って言われたら、違うかな……」

七瀬の口からその言葉を聞けたことで、俺の心にホッと灯りがともったように感じた。

好きな人の大切な記憶を失くさないために、助けたい一心でここまでやってきたんだ。こうして思い出の場所に来るのは簡単だけど、家族四人で訪れることはもう二度とできない。だからこそ、守ってあげたかった。両親と妹との大切な記憶を、七瀬がずっと覚えていられるように。

「私ね……思い出忘却症なの」

思いがけない言葉が、突然俺の脳裏に飛び込んできた。

「……え？」

右を向くと、七瀬は長い髪を風になびかせながら俺を見て微笑んだ。

「正式名称は、単一性忘却症。私の頭の中には、大切な記憶を奪う悪いヤツがいる」

自分の頭を指差し、七瀬は笑顔を浮かべた。

「あんまり驚かないんだね？」

七瀬に言われて、俺は少し焦った。

「いや……なんていうか、言葉が出なくて」

その真実を俺はずっと知っていたけど、まさか今この場所で七瀬がこんなふうに笑顔で俺に打ち明けてくるとは思ってもいなかったからだ。

「病気が見つかったのは、二年生になる少し前。ご存じの通り親ともいろいろあって、そこから私は自分の感情を表に出すことをやめたの。正直明るく振る舞えるような精神状態でもなかったし。それで五ヶ月くらい経っても腫瘍の大きさがまったく変わらなかったから、感情を失くしてひとりでいれば腫瘍も大きくならずに、手術しなくて済むのかもしれないってほんのちょっと期待した」

俺は、ただただ七瀬の言葉に真剣に耳を傾けた。今までずっと、病気に関する七瀬の気持ちは俺の憶測でしかなかったけど、今ようやく本人の口から真実を聞くことができる。

「でもね、ただひとりで座ってるだけで、誰にも心を開かず学校生活を送ることに意味なんてあるのかな？って、だんだん疑問に感じてきて。そんな時に、偶然塚本くんと霊園で会って」

俺が初めて七瀬と会話をした日のことだ。

「ちょっとしゃべってみようかなって、ただの気まぐれだけど。塚本くんのことはよく知らなかったし、塚本くんも私に興味がなさそうだったから、聞き流してくれそうだしちょうどいいなって思って」

確かあの日も、七瀬は同じようなことを俺に話していたな。

「でも、あの日塚本くんと話をしてからなんだよね。固く閉ざしていたはずの扉を、自分から少しずつ少しずつ開けるようになったのは……」

そこまで話すと、「少し疲れたから座りたい」と七瀬が言ったので、広場にあるベンチで休憩することにした。俺は急いで温かいお茶を買いに行き、七瀬に手渡す。

七瀬は温かいお茶を両手で包み込むようにして持ちながら、話を続けた。

「違ってたら本当に恥ずかしいんだけどさ、文化祭の出し物を決める日、塚本くん私に聞いたよね？　藤棚のことをどう思ってるかって」

「あ、うん。聞いた」

「それで次の日に塚本くんが藤棚復活の案を出したのってさ、もしかして私のため？」

上目遣いで少し恥ずかしそうに俺の心をのぞいてくる七瀬の表情がかわいくてずっと見ていたかったけど、俺は「そうだよ」と答えた。

「そっか、そうなんだ」

恥ずかしそうにはにかんだ七瀬。

「七瀬のために、藤棚を復活させたかった。いつもひとりで寂しそうにしていたから、文化祭が七瀬にとって最高の思い出になったらいいなと思って」

俺にしてみれば、これはもう告白も同然。だけど『好き』のひとことは、なかなか言葉にできない。

「だったら、その通りになったね。私にとって文化祭は、最高に楽しい思い出になったから。自分の編んだミサンガが誰かの大切な記憶として残るかもしれないって思ったら、本当に嬉しくて。大変だったけど、ひとつひとつ心を込めて編んでいる時間はすごく幸せだったし」

「七瀬がそう感じてくれてたなら、よかった」

笑みをこぼしながら俺が言うと、七瀬はまっすぐ前を見ていた視線を落とし、目に涙を浮かべた。

「よくないよ……」

力のない声でつぶやいた七瀬の言葉が、俺の胸に突き刺さる。

「全然よくないよ。私の中の一番大切な記憶がどれだけ移り変わったとしても、結局は忘れちゃうんだから。みんなで頑張ったことも、失くしたくなんかないのに……」

「だ、だけど、文化祭はまた来年もある。七瀬はもう寂しさを抱えながらひとりでいる必要なんてないんだ。来年は今年よりもきっともっと楽しくなるよ。新しい思い出はいくらでも作れるんだから」

「簡単に言わないでよ!!」

ベンチから立ち上がった七瀬は、潤んだ瞳を俺に向けて突然声を荒らげた。

「失くなっちゃうんだよ？　もう二度と思い出せないんだよ？　それがどういうことか、塚本くんに分かる？　手術が終わったら、私の頭の中にあった大切な記憶が消えちゃうの！　あの時こんなふうに思ってたなとか、こんなことしたなとか、そういうの全部なかったことになるんだよ？」

七瀬の涙を見ていると、俺のやったことは間違いだったのだろうかと一瞬自分を疑った。

だけどそれは違うんだと伝えたい。俺だって、一緒に過ごした文化祭の記憶が七瀬の中から失くなるのは本当は悲しいし、失くしてほしくない。でも、それでも……。

「生きていれば……生きてさえいれば、きっと乗り越えられる。俺がこれからも七瀬を笑わせるから。もしも文化祭のことを忘れてしまったのなら、来年の文化祭は今年以上に頑張って、七瀬をもっと笑顔にさせる。もし家族旅行の思い出を忘れたら、また一緒にここへ来て綺麗な景色を見て一緒に感動しよう。何度でも、俺が七瀬の新しい大切な記憶をたくさん作るから」

七瀬は大粒の涙をこぼし、両手で顔を覆った。小さな体を震わせながら、必死に声を殺して泣いている。

「俺、七瀬のことが好き。入学してすぐ、藤棚の下にいた七瀬を見た時からずっと。七瀬のおかげで、俺はダメな自分から一歩踏み出すことができた。なんの取り柄もないし、まだまだダメなところばかりだけど、七瀬を想う気持ちだけは誰にも負けない。だから……」

大好きな七瀬の笑顔を、俺はずっと守っていきたい。無事に手術が終わったら、七瀬と一緒に残りの高校生活を精一杯楽しんで、大切な記憶をいくつも作っていきたい。

「本当に？」

「本当だよ。俺は七瀬のことが好き」

当たり前だ。この気持ちに嘘なんてひとつもない。

「そっか……ありがとう」

あふれ出る涙をぬぐい、しばらく無言でうつむいていた七瀬。そんなに悩まなくても、俺は別に答えを求めていたわけじゃない。ただ自分の気持ちを伝えたかっただけだからと、そう言おうとした時。

「次に会う時、今の私の気持ちをちゃんと伝えるから」

七瀬は目に涙を溜《た》めながら、少しだけ笑顔を浮かべた。

週が明けた月曜日の朝、担任が言った。

「七瀬は、今日から入院することになりました」

教室に入ってきた養護の先生が単一性忘却症のことを俺たちに説明したのだが、その間、大野はずっと泣いていた。うしろからでもよく分かるくらい肩を揺らし、ハンカチを何度も目に当てている。

他のクラスメイトも、当然みんな驚きを隠せないようだった。

「みんなも知っているかもしれないけど、手術をしたら治る病気です。ただ、大切な記憶を失ってしまうというつらさは本人にしか分からない。だからみんなは、七瀬さんがまた学校に戻ってきた時、友達として支えてあげてほしい」

俺は単一性忘却症を、最初は軽く見ていた。ひとつの記憶が失くなるくらい、どうってことないと。でも今は、そう思ってしまった自分を思いきり殴ってやりたかった。たったひとつだとしても、残しておきたい大切な記憶が失くなるのは、その時感じた喜びや幸せをすべて奪われてしまうということ。

それは七瀬だけでなく、一緒に文化祭を頑張ってきた俺たちみんなにとってもつらい現実だ。文化祭を思い出してあの時はこうだったと言いながら七瀬と笑い合うことは、もう二度とできないのだから。

「入院中、携帯で連絡を取ったりお見舞いには行かないでください。術後は、どの記憶が失われているのか本人も分からない状態なので、混乱させてしまいます。それに七瀬さんは、病気をちゃんと治してリハビリをして元気な体でみんなに会いたいと希望しているから」

養護の先生の言葉に、クラスメイトはみんなうなずいた。

突然の報告に驚いただろうけど、きっとみんな少しずつ理解しているはずだ。二年になって、今までどうして七瀬がずっとひとりでいたのか。どうして誰にも心を開かなかったのかを。

みんなそれぞれ思うところはあるのかもしれない。でも、過去がどうこうよりも、大切なのはこれからだ。俺たちにできることは、元気になった七瀬と一緒にこれからを生き、高校生活を悔いのないように過ごす。それだけだ。

こんな俺でも一歩を踏み出せたんだ。二歩、三歩と少しずつ、自分らしく今を精一杯生きられるように頑張ろう。

次に七瀬に会った時、『なにも考えてなさそう』なんて言われないように。

最終章　君が好き

テストは相変わらず平均か、もしくは平均に届かないくらいの点数ばかりだったが、なんとか無事三年生に進級できた。

高校生活最後の一年間の始まり。予定よりも少し早く学校に着いた俺は、自転車を停めてその足で中庭に向かった。咲き始めたばかりだと思っていた桜はあっという間に空を舞い、今は絨毯《じゅうたん》のようにピンクの花びらが足元に広がっている。

昨日の夜、大野からこんなメッセージが送られてきた。

【明日の始業式、登校時間よりも二十分早く学校に来てください。中庭集合】

なんでだろうと疑問に思ったのと同時に、少しの期待が胸を膨らませた。三学期が始まった頃、七瀬が大野に連絡をしたという噂《うわさ》を耳にしたからだ。

本人から直接聞いたわけでも、どこからどういうふうに回ってきたのかも分からないけど、俺にとってはいい知らせだった。

もしかしたら、始業式に七瀬が来るのかもしれない。そう考えるだけで、嬉しい気持ちが俺の心臓を優しく揺らした。

文化祭で資金が集まったおかげで予定通り冬休みに入って着工し、藤棚は五日で完成した。以前は木でできた一般的な藤棚だったけど、新しい藤棚は土台をしっかりとコンクリートで固め、そこにいくつもの竹を組み合わせてアーチ状に造られていた。

つまり、藤棚のトンネルだ。

花も少しずつ開き始めているので、一面紫色に染まった藤棚のトンネルをくぐる日を、生徒はみんな心待ちにしている。もちろん俺も。

最初は余裕があったものの、一歩一歩中庭に近づくにつれて言いようのない緊張感が込み上げてきた。

第一声はどうしよう。『久しぶり』じゃつまらないし、『待ってたぜ』はなんかキザっぽい。かといって、みんなの前で『会いたかった』と言うのも恥ずかしいし。

そうだ、七瀬がもし文化祭の記憶を失っていたとしたら、今年の文化祭をどう盛り上げるか、今から一緒に考えるのがいいかもしれない。

高鳴る心臓を抑えながら歩く視線の先に、アーチ状の藤棚が見えた。そこには何人かの生徒の姿も見える。

三年生になったからか、結城の髪色が三学期よりも落ち着いている。毎日結んでいたはずの髪を今日は下ろしている大野。いつもとなんら変わらない黒縁眼鏡の寺川。

そして……。

彼らの中心には、ショートカットの黒髪を触りながら少し照れたように歯を見せて笑っている、七瀬の姿があった。

生まれ変わった藤棚の下で嬉しそうに微笑む七瀬の姿を見て、泣くなと自分に強く言い聞かせた。

結城が俺に気づき、右手を大きく振ってきた。

はやる気持ちを抑えながら進む俺の足が、徐々に徐々に速度を上げていく。

会いたかった。この半年間、七瀬に会いたいという気持ちを必死に抑えながら過ごしてきた俺にとって、この日をどれだけ待ちわびたか。

七瀬と一緒に碓氷峠の見晴台で話をしたあの日、七瀬は俺にこう言った。

『次に会う時、今の私の気持ちをちゃんと伝えるから』

目に涙を溜めながら言った七瀬の言葉。

次に会う時、それは今、この瞬間だった。

少し息を切らしてみんなのもとにたどり着き、俺は七瀬の目を見つめた。そして息を深く吸い込む。

「あ、七瀬」

久しぶりに名前を呼ぶと、七瀬が俺の目を見ながら、ゆっくりと唇を開いた。


「……初めまして」

一瞬にして周りに見えるすべての景色が色を失くし、聞こえていた風の音が止み、俺の思考がすべて停止した。

けれど俺がまっすぐに見つめている先で、その大きな瞳が柔らかに微笑んだ瞬間、俺の時間が再びゆっくりと動き出す。

心の内側に立った波が、俺の気持ちを大きくかき乱した。

両手で自分の頬を思いきり叩いたら、七瀬が『塚本くん』と呼んでくれるだろうか。

それなら俺は、なんのためらいもなく力を込めて叩く。

でもきっと、目の前で首をかしげている彼女が俺の名前を口に出すことはないだろう。

喪失感が、俺の胸に大きな穴を開けた。

結城と大野と寺川は、胸を痛めるかのように顔をゆがめ、心配そうに俺を見ている。

泣いたりしたら、七瀬を困らせてしまうかもしれない。だから俺は拳を握った。悲しみがこぼれ落ちてしまわないように、強く強く。

「あのさ……」

横にいる寺川が、俺の肩に優しく手を置いた。

「あの、もしかしたら七瀬は……」

寺川の声が俺の耳に届いた時、藤棚の下にいる彼女の短い髪が春の暖かな風に吹かれてサラッと揺れた。

髪の毛を整えようと上げた七瀬の左手、その手首には、薄紫と水色と白の刺繍糸で編まれたミサンガが巻かれていた。

『次に会う時、今の私の気持ちをちゃんと伝えるから』

そっか……、そういうことだったのか……。

手術を受けたあとに失ってしまう記憶がなんなのか、あの時既に七瀬は分かっていたんだ。

つまり七瀬が俺に言ってくれた『初めまして』は、決して悲しいだけの言葉なんかじゃなくて、一番大切な記憶が……俺だったという証《あかし》。

伝わったよ、七瀬の気持ち。俺の心の奥に、しっかりと届いた。

俺にとっても、七瀬は失いたくない大切な記憶、大好きな人だから。

「初めまして。塚本涼太です」

精一杯の笑顔を七瀬に向けた。

「塚本……くん……」

俺を呼ぶ七瀬の声が、胸に開いた穴をふさいでいく。

「これから、よろしくね」

右手を差し出すと、七瀬は俺の目を見ながら握り返してくれた。

始業式が終わったあとも、俺はひとりで教室に残っていた。

三年生になり、寺川と結城とはクラスが離れた。けれど大野と、それから……七瀬ともまた同じクラスになった。

大野を含む女子たちと楽しそうに話をする七瀬を見ているだけで、俺は幸せだった。みんなと一緒に楽しい学校生活を送りたいと思っていた七瀬が、ようやくその日々を手に入れられたのだから。

けれど、心のどこかに寂しさがひそんでいることも事実。教室で何度か七瀬と大野と話をしたのだが、やはり七瀬は俺の存在だけを忘れてしまっているようだった。

他のクラスメイトのことや文化祭、文化祭までの自分はいつもひとりだったことも覚えていた。でもそこにいたはずの俺は、七瀬の頭の中からすっぽりと消え落ちていた。

一部のクラスメイトはそのことに気づいたようだけど、七瀬を混乱させないためにもあえてなにも助言をしなかった。俺自身も、もちろんなにも言っていない。

七瀬の気持ちを知って嬉しい反面、俺と過ごした日々がすべて失われてしまったのはやはり悲しい。

カバンを持った俺は、そのまま中庭に向かった。放課後、しばらくは新しい藤棚を見に来る生徒であふれていたけど、一時間以上経った今はもう誰もいない。

藤棚の下に立って見上げると、所々花を咲かせているつるの間から、腹が立つくらいに眩しい春の日差しが無数に差し込んでくる。

しばらくボーッと下から眺めたあと、芝生へ移動して腰を下ろした。

カバンの中に手を入れて取り出したのは、白い封筒。七瀬が入院した二日後に、俺宛てに送られてきた手紙だ。

裏側には、【私の手術が無事に終わり、学校で塚本くんに会えたあと、この手紙を読んでください】と書かれている。

律儀にこの言葉を今まで守り続けてきた俺は、ずっと開けずにいた手紙の封を指先で丁寧に切り、中身をゆっくりと開く。

＊＊＊

塚本くんへ

ごめんね。最初に、そう言わせてください。

初めて塚本くんと話をした日は、まさかこんなことになるなんて少しも思ってなかった。

藤棚を復活させる案を考えた塚本くんが私に、『買ってくれた人の思い出に残るように、一緒にミサンガ作ろうよ』って言ってくれたこと、本当に嬉しかった。

ずっとひとりでいた私を受け入れてもらえるか不安だったけど、みんなでミサンガを作ったあの時間が、自然と私を笑顔にさせてくれました。

全部、塚本くんのおかげだよ。

塚本くんのこと、なにも考えてなさそうとか目立たないとか言ってごめんね。

最初は本当にそういう印象だったんだけど、一緒にいる時間が増えていくたびに、それは違うんだって分かった。

なにも考えていないどころか、塚本くんは文化祭を成功させるために一生懸命頑張ってた。その姿を見て、私ももっと頑張らなきゃなって勇気をもらえたんだ。

そして、いつからか塚本くんと過ごす時間が自分の中でとても大切なものへと変わっていったの。

一緒に買い出しに行ったこと。初めてメッセージを送り合った時のこと。

中庭で一緒にお弁当を食べたこと。放課後の教室で一緒にミサンガを編んだこと。

塚本くんと香澄ちゃんが中庭で話しているのを見て、ちょっと嫉妬しちゃったこと。

一緒に神社に行って、映画を見てボーリングをやって、ゲームセンターでぬいぐるみを取ってくれたこと。

塚本くんがわざと悪者になって、お母さんの本音を聞かせてくれたこと。

文化祭で、ミサンガを売るために一生懸命声を出して校内を回ったこと。

目標を達成してみんなで喜び合ったこと。

ミサンガを、交換したこと……。

全部全部忘れたくなくて。だから私は、塚本くんから離れる選択をした。

でも、やっぱりダメだったんだ。話さないようにしているのに、いつの間にか目で追ってた。避けているのに、頭の中は塚本くんでいっぱいだった。

一緒に碓氷峠へ行った時、私は手術後に失ってしまう一番大切な記憶は塚本くんだと確信してた。

本当は忘れたくない。でもそう思えば思うほど、塚本くんのことばかり考えちゃうんだ。

だから私は今、この手紙を書いています。

次に会った時、私が塚本くんを忘れてしまっていたら。もし最初の言葉が『初めまして』だったなら、それは、こういう意味だからね……。


『君のことが好き』

もし今もまだ、あなたを忘れてしまった私を好きでいてくれるなら、もう一度私に、あなたを好きだと言わせてください。

今度はちゃんと、自分の言葉で伝えるから。

必ず、きっとまた、いつか……。

塚本涼太くん。
私に大切な記憶をくれて、ありがとう。
また新しい記憶をふたりで作っていける日まで、
さようなら。

七瀬栞

＊＊＊

手紙を握りしめたまま、今までずっと我慢していた涙がついにこぼれ落ちた。

目から熱い涙がとめどなくあふれてきて、手紙の文字が霞《かす》んでいく。

当たり前だ。七瀬が俺を忘れてしまったとしても、俺の気持ちは変わらない。変わるわけがない。

七瀬を好きになって初めて、誰かを想う幸せや喜び、苦しみを知ることができた。七瀬がいたから、俺は頑張れたんだ。

「おーい！」

うしろから聞こえてきた声に驚き振り向くと、結城と寺川がこちらに向かって駆け寄ってきた。泣いていたことがバレないように、俺は慌てて目元をぬぐう。

「お前らなにしてんだよ、帰ったんじゃないのか？」

「涼太が教室にいたから出てくるまでずっと待ってたんじゃん。晴輝とふたりで時間潰すの、けっこう大変だったんだからな～」

「それはこっちの台詞だ」

いつものふたりのやり取りに、俺はフッと微笑む。

「あのさ、ふたりとも……ありがとな。予定通り藤棚が建ったのは、お前たちやクラスメイトが一緒に文化祭を頑張ってくれたからだ」

感謝の気持ちを伝えた俺は、少し照れながら頭をかいた。

「急になに言い出すんだよ。でも、本当に立派な藤棚が建ったよな」

結城が目の前にある藤棚を見ながら言った。

「アーチ状ってのがいい」

同じように見上げ、眼鏡を上げてうなずいた寺川。

「そうだな……」

藤棚を眺めていると、七瀬の病気を知った日から今日までの出来事が、頭の中を駆け巡る。

「涼太なら大丈夫だ。なんてったって、ミサンガ班のリーダーだったんだから！　お前の頑張りは、きっといつか伝わるよ」

「だな。宇宙人に乗っ取られた時は違和感の塊だったけど、今はもう見慣れたよ。むしろ、誰かのために頑張ってるお前のほうが、まぁ……いいんじゃないかな」

七瀬が俺を忘れてしまったことの意味を結城と寺川なりに理解し、励ましてくれているのだろう。

一度は壊れた藤棚も、こうして生まれ変わったんだ。だからきっと……。

「当たり前だろ！　むしろこっからだ‼」

腹の底から声を出し、俺は両腕を空に突き上げた。


あと一分……。担任からの連絡事項が頭をかすめる中、俺は教室の正面にある時計の針を凝視する。秒針が一番上を差した瞬間チャイムが鳴り響いたが、それでも担任は話を続けていた。早く終わってほしいと祈ることさらに五分、ようやく今日の授業がすべて終了した。

廊下側の一番うしろに座っていた俺はカバンを持って立ち上がり、教室のちょうど真ん中の席に目を向ける。

クラスメイトに挨拶をしながら手を振ったあと、短い髪の七瀬が振り返った。そして、俺の席に近づいてくる。

「今日大丈夫だよね？」

七瀬に言われ、俺は心臓をドキドキと鳴らしながら「もちろん」と答える。

新学期が始まってすぐの委員会決めの際、俺は七瀬と同じ図書委員になった。もちろん偶然ではなく、七瀬が図書委員に立候補したのを見て俺もすぐさま手を挙げた結果だ。

今日で二回目となる委員会の仕事は、少しでも多くの時間を七瀬と一緒に過ごしたい俺にとって、とても貴重なものだった。

「じゃーこの前の続きね」

教室を出て図書室に向かっている最中、七瀬が俺の顔をひょいっとのぞき込んで言った。

「オッケー、いいよ」

俺が答えると、七瀬は腕を組み、視線を上げながらなにを言おうか考えている。『この前の続き』というのは、一問一答のことだ。

七瀬は、自分が失くした記憶が俺であることに気づいていた。直接確認したわけではなく、大野が教えてくれた。

小説家の橘リンと同様に、七瀬も手術前、失くしてしまうであろう記憶をノートに残していた。それが俺、【塚本涼太】だったのだが、もちろん七瀬は名前を見てもなにも思い出せなかったらしい。俺を忘れたという言葉を七瀬が告げてくることはなかったが、最初の委員会の時にこう言ってきた。

『これから塚本くんのことを少しずつ知っていきたいから、図書委員の最中は私の質問に答えてね』

そこから、俺たちの一問一答が始まった。

一番大切だったはずの記憶を忘れたままなのは嫌だと思ってくれたのだとしたら、俺にとってこんなにも嬉しいことはない。

図書室に着きカウンターに並んで座ると、七瀬が小声で聞いてきた。

「好きな本は？」

「特に、ないかな」

考える間もなく俺が答える。

「好きなスポーツと、好きな芸能人は？」

「どっちも特にない」

「なにそれ!?」

声のボリュームがだいぶ大きい。今は誰もいないのである程度大きな声を出しても大丈夫なのだが、七瀬は焦って手を自分の口元に当てた。

「だって本当のことだから。嘘ついても仕方ないだろ」

平然と答える俺に、七瀬は口をとがらせる。見たことのあるその顔に、俺の胸が高鳴った。

「じゃー、自分で自分の性格を説明してみて」

その質問の直後、生徒がひとりカウンターにやってきたので返却の業務をした。

「性格かー、難しいな」

再びふたりきりになった図書室には紙の匂いが漂い、窓の外からはわずかに声が漏れてくる。

「少し前までは事なかれ主義だったけど、今は少し変わったかな?」

「どう変わったの?」

カウンターに頬杖をついて視線を向けてきた七瀬。

「んー、なんていうか。友達とか大切な人とかと、大小関係なくひとつひとつ思い出を積み重ねていきたいなって考えるようになって……あれ、なんかこれって性格じゃないよね」

「いいから、続けて」

真剣な眼差しで七瀬が促すので、俺は言葉を続けた。

「えっと、つまり、今この瞬間って本当に今しかなくて、だから適当に過ごすんじゃなくて、もっと大切に生きたいって思うようになったんだ」

性格の説明になったかどうかは分からないけど、俺の素直な思いを七瀬に伝えた。

「そっか。戻りたいって思っても、前に進むしかないんだもんね」

七瀬の言葉に、俺は深くうなずいた。

失った記憶は二度と戻らなくても、俺たちはいくらでも前に進める。

「そうだ、今日委員会終わったら駅中の百均行かない？」

「百均？　私も買いたい物があるからいいよ」

内心緊張しながら誘ったのだけど、七瀬が了承してくれたのでホッとした。

七瀬にとっては初めてでも、俺にとって七瀬とふたりで行くのは二回目だ。

こうして明日も明後日《あさって》も少しずつ、七瀬に俺のことを知ってもらいたい。七瀬と一緒に、新たな記憶を作っていきたいから……。

藤の花の見頃を迎えている五月中旬。学校の門を通ると、閑散とした駐輪場にはスズメが数羽止まっていた。

携帯で確認すると、時刻は七時五十七分。狙ったわけではないが、藤棚の伝説が始まった時間だった。

中庭に着いた俺を、綺麗な薄紫色のアーチが出迎えてくれた。

満開の花を見られるのはこの時期だけ。少しでも長く藤の花を見ていたい俺は、二週間前から毎日早起きをして学校に来ている。

ひっそりとしている中庭を歩いて藤棚の前に立つと、アーチの中に人影が見えた。

「あっ」と声を出すと、俺に気づいてくるりと振り返る。

「あれ？　おはよう、塚本くん」

俺の名を呼ぶ高い声に、心臓が弾む。

「おはよう、七瀬。早いね」

「今しか見られないと思って。塚本くんこそ、早いじゃん」

「俺もゆっくり藤棚が見たくて、ここ最近は早く来てるんだ」

アーチ状の藤棚の下にふたりで並んで立ち、降り注ぐ朝日に美しく輝く藤の花を見上げた。

「七瀬って、藤棚好きだよね？」

「うん、好きだよ」

「俺、すごい綺麗な藤棚が見られる神社を知ってるんだけど、今度行かない？」

「神社に藤棚があるの？　行ってみたい！」

飛び跳ねる勢いで嬉しそうに返事をした七瀬。

「じゃー決まり。抹茶を売ってるから、飲みながら藤棚を見て、それからおみくじでも引こう」

朝日を受けながら、再び藤棚を見上げて微笑んでいる七瀬。初めて恋をしたあの日と同じ、まるで光のシャワーを浴びているかのようだ。

そんな七瀬の横顔を、まっすぐに見つめた。

俺はもう、逃げたりあきらめたりしない。俺は俺らしく、何度だって君を笑顔にさせるから。

もう一度、始めよう。

君と一緒に新しい思い出を、またここから――。

END

あとがき

こんにちは、菊川あすかです。この度は、数ある書籍の中から『たとえ明日、君だけを忘れても』をお読みいただき、誠にありがとうございます。

記憶を扱う作品は多くありますが、一番大切な記憶のみを失ってしまうとしたらどうなるのだろう。そう思ったのがキッカケで、この作品が生まれました。

〝単一性忘却症〟という病気はもちろん架空のものですが、もし自分が、または大切な人が単一性忘却症だったら……と常に考えていました。

当初、七瀬は明るく前向きなキャラクターにしようと思っていましたが、すぐにそれは違うなという答えにたどり着きました。きっとたくさん悩むし、不安でつらくて自分の感情をコントロールすることも難しいかもしれないと思ったからです。

今この瞬間に自分がこの病を患ったら、一番大切な記憶はきっとアレだろうなとすぐに頭に浮かびます。それと同時に、絶対に失くしたくないと強く思いました。けれどそう思えば思うほど頭に浮かんできてしまうし、思い出してしまう。この作品に出てくる七瀬栞と同じ状態になりました。想像しただけですごくつらかったです。

どんな結末であれ、ただ悲しいという気持ちだけを残して終わる作品は書きたくないというのが、小説を書く上で私が大切にしていることです。単一性忘却症は命こそ助かりますが、失うものもとても大きい。だとしたら、彼女の未来を明るくするにはどうしたらいいのか、それを最終的な着地点として書き続けました。

今までの私の作品では女の子が主人公の作品ばかりでしたが、今回は全編男の子主人公で書かせてもらいました。しかも、地味でちょっと間抜けでかっこ悪くて面倒くさがり。なんの問題もないごく普通の家庭に育ち、目立たないながらも普通に成長した男の子。そんなどこにでもいそうな塚本涼太という主人公を書きながら、私自身いろんなことを考えさせられました。

自分に対する諦めや不満。クラスメイトとの距離感。挑戦することへの不安。好きな人を想う気持ち。これらを乗り越えるために、彼がどんな気持ちになりどう変わっていったのか。その過程を大切にしてきたので、ミサンガ班の友達と一緒に彼を見守りつつ、時には彼や七瀬自身になって考えたりしながら読んでいただきたい作品です。

そして最終的に、読者の皆様がラストの先に見たふたりの未来。それが少しでも明るいものだったなら、とても嬉しいです。

もし今あなたが単一性忘却症になったら、もし今大切な人が単一性忘却症になったら、どう考えてどう行動しますか？　ぜひ一度考えてみてください。

最後になりましたが、大変お世話になった担当の後藤様、ヨダ様、とても美しく素敵な装画としてこの作品の世界観を描いてくださったふすい様、いつも応援してくださる皆様、そして本作を手に取ってくださった読者の皆様。作品に関わったすべての方々に感謝申し上げます。本当に、ありがとうございました。

また次の作品でお会いできる日まで皆様が笑顔でいられることを、心より願っています。

二〇一九年六月　菊川あすか

この物語はフィクションです。実在の人物、団体等とは一切関係がありません。

菊川あすか先生へのファンレターのあて先
〒104-0031　東京都中央区京橋1-3-1　八重洲口大栄ビル7F
スターツ出版(株) 書籍編集部 気付
菊川あすか先生

たとえ明日、君だけを忘れても

2019年6月28日　初版第１刷発行

著　者　　菊川あすか　©Asuka Kikukawa 2019

発 行 人　　松島滋
デザイン　　カバー　坂野公一（welle design）
　　　　　　フォーマット　西村弘美
Ｄ Ｔ Ｐ　　久保田祐子
編　　集　　後藤聖月
　　　　　　ヨダヒロコ（六識）
発 行 所　　スターツ出版株式会社
　　　　　　〒104-0031
　　　　　　東京都中央区京橋1-3-1　八重洲口大栄ビル7F
　　　　　　出版マーケティンググループ　TEL 03-6202-0386
　　　　　　（ご注文等に関するお問い合わせ）
　　　　　　URL　https://starts-pub.jp/
印 刷 所　　大日本印刷株式会社

Printed in Japan

ISBN　978-4-8137-0701-1　C0193

この１冊が、わたしを変える。

スターツ出版文庫　好評発売中！！

桜が咲く頃、君の隣で。

菊川《きくかわ》あすか／著

定価：本体580円＋税

余命わずかな少女の恋――。

その奇跡に、きっと涙する。

高２の彰のクラスに、色白の美少女・美琴が転校してきた。「私は…病気です」と語る美琴のことが気になる彰は、しきりに話し掛けるが、美琴は彰と目も合わせない。実は彼女、手術も不可能な腫瘍を抱え、いずれ訪れる死を前に、人と深く関わらないようにしていた。しかし彰の一途な前向きさに触れ、美琴の恋心が動き出す。そんなある日、美琴は事故に遭遇し命を落としてしまう。だが、目覚めるとまた彰と出会った日に戻り、そして――。未来を信じる心が運命を変えていく。その奇跡に号泣。

イラスト／飴村

ISBN978-4-8137-0430-0

ISBN978-4-8137-0262-7